Seminário
dos Ratos

Coleção Lygia Fagundes Telles

CONSELHO EDITORIAL
Alberto da Costa e Silva
Antonio Dimas
Lilia Moritz Schwarcz
Luiz Schwarcz

COORDENAÇÃO EDITORIAL
Marta Garcia

LIVROS DE LYGIA FAGUNDES TELLES
PUBLICADOS PELA COMPANHIA DAS LETRAS
Ciranda de Pedra 1954, 2009
Verão no Aquário 1963, 2010
Antes do Baile Verde 1970, 2009
As Meninas 1973, 2009
Seminário dos Ratos 1977, 2009
A Disciplina do Amor 1980, 2010
As Horas Nuas 1989, 2010
A Estrutura da Bolha de Sabão 1991, 2010
A Noite Escura e Mais Eu 1995, 2009
Invenção e Memória 2000, 2009
Durante Aquele Estranho Chá 2002, 2010
Histórias de Mistério, 2002, 2010
Passaporte para a China, 2011
O Segredo e Outras Histórias de Descoberta, 2012
Um Coração Ardente, 2012
Os contos, 2018

Lygia Fagundes Telles
Seminário dos Ratos

Contos

Nova edição revista pela autora

POSFÁCIO DE
José Castello

COMPANHIA DAS LETRAS

Grafia atualizada segundo o Acordo
Ortográfico da Língua Portuguesa de 1990,
que entrou em vigor no Brasil em 2009.

CAPA E PROJETO GRÁFICO
warrakloureiro
sobre detalhe de *Conversa*,
de Beatriz Milhazes, 2000, acrílica sobre tela,
150 x 248 cm. Coleção particular.

FOTO DA AUTORA
Adriana Vichi

PREPARAÇÃO
Cristina Yamazaki/ Todotipo Editorial

REVISÃO
Valquíria Della Pozza
Ana Maria Barbosa

Os personagens e as situações desta obra
são reais apenas no universo da ficção;
não se referem a pessoas e fatos concretos,
e sobre eles não emitem opinião.

Dados Internacionais de Catalogação na Publicação (CIP)
(Câmara Brasileira do Livro, SP, Brasil)

Telles, Lygia Fagundes
Seminário dos Ratos : Contos / Lygia Fagundes Telles; posfácio
de José Castello. — São Paulo : Companhia das Letras, 2009.

Nova edição revista pela autora
ISBN 978-85-359-1547-1

1. Contos brasileiros I. Castello, José. II. Título

09-09117   CDD-869.93

Índice para catálogo sistemático:
1. Contos : Literatura brasileira 869.93

15ª reimpressão

Todos os direitos reservados à
EDITORA SCHWARCZ S.A.
Rua Bandeira Paulista, 702, cj. 32
04532-002 — São Paulo — SP
Telefone: (11) 3707-3500
www.companhiadasletras.com.br
www.blogdacompanhia.com.br
facebook.com/companhiadasletras
instagram.com/companhiadasletras
twitter.com/cialetras

Sumário

Seminário dos Ratos

As Formigas

Quando minha prima e eu descemos do táxi já era quase noite. Ficamos imóveis diante do velho sobrado de janelas ovaladas, iguais a dois olhos tristes, um deles vazado por uma pedrada. Descansei a mala no chão e apertei o braço da prima.

— É sinistro.

Ela me impeliu na direção da porta. Tínhamos outra escolha? Nenhuma pensão nas redondezas oferecia um preço melhor a duas pobres estudantes, com liberdade de usar o fogareiro no quarto, a dona nos avisara por telefone que podíamos fazer refeições ligeiras com a condição de não provocar incêndio. Subimos a escada velhíssima, cheirando a creolina.

— Pelo menos não vi sinal de barata — disse minha prima.

A dona era uma velha balofa, de peruca mais negra do que a asa da graúna. Vestia um desbotado pijama de seda japonesa e tinha as unhas aduncas recobertas por uma crosta de esmalte vermelho-escuro descascado nas pontas encardidas. Acendeu um charutinho.

— É você que estuda medicina? — perguntou soprando a fumaça na minha direção.

— Estudo direito. Medicina é ela.

A mulher nos examinou com indiferença. Devia estar pensando em outra coisa quando soltou uma baforada tão densa que precisei desviar a cara. A saleta era escura, atulhada de móveis velhos, desparelhados. No sofá de palhinha furada no assento, duas almofadas que pareciam ter sido feitas com os restos de um antigo vestido, os bordados salpicados de vidrilho.

— Vou mostrar o quarto, fica no sótão — disse ela em meio a um acesso de tosse. Fez um sinal para que a seguíssemos. — O inquilino antes de vocês também estudava medicina, tinha um caixotinho de ossos que esqueceu aqui, estava sempre mexendo neles.

Minha prima voltou-se:

— Um caixote de ossos?

A mulher não respondeu, concentrada no esforço de subir a estreita escada de caracol que ia dar no quarto. Acendeu a luz. O quarto não podia ser menor, com o teto em declive tão acentuado que nesse trecho teríamos que entrar de gatinhas. Duas camas, dois armários e uma cadeira de palhinha pintada de dourado. No ângulo onde o teto quase se encontrava com o assoalho, estava um caixotinho coberto com um pedaço de plástico. Minha prima largou a mala e pondo-se de joelhos puxou o caixotinho pela alça de corda. Levantou o plástico. Parecia fascinada.

— Mas que ossos tão miudinhos! São de criança?

— Ele disse que eram de adulto. De um anão.

— De um anão? É mesmo, a gente vê que já estão formados... Mas que maravilha, é raro à beça esqueleto de anão. E tão limpo, olha aí — admirou-se ela. Trouxe na ponta dos dedos um pequeno crânio de uma brancura de cal. — Tão perfeito, todos os dentinhos!

— Eu ia jogar tudo no lixo, mas se você se interessa pode ficar com ele. O banheiro é aqui ao lado, só vocês é que vão usar, tenho o meu lá embaixo. Banho quente, extra. Telefone, também. Café das sete às nove, deixo a mesa posta na cozinha com a garrafa térmica, fechem bem a garrafa — recomendou coçando a cabeça. A peruca se deslocou ligeiramente. Soltou uma baforada final: — Não deixem a porta aberta senão meu gato foge.

Ficamos nos olhando e rindo enquanto ouvíamos o barulho dos seus chinelos de salto na escada. E a tosse encatarrada.

Esvaziei a mala, dependurei a blusa amarrotada num cabide que enfiei num vão da veneziana, prendi na parede, com durex, uma gravura de Grassmann e sentei meu urso de pelúcia em cima do travesseiro. Fiquei vendo minha prima subir na cadeira, desatarraxar a lâmpada fraquíssima que pendia de um fio solitário no meio do teto e no lugar atarraxar uma lâmpada de duzentas velas que tirou da sacola. O quarto ficou mais alegre. Em compensação, agora a gente podia ver que a roupa de cama não era tão alva assim, alva era a pequena tíbia que ela tirou de dentro do caixotinho. Examinou-a. Tirou uma vértebra e olhou pelo buraco tão reduzido como o aro de um anel. Guardou-as com a delicadeza com que se amontoam ovos numa caixa.

— Um anão. Raríssimo, entende? E acho que não falta nenhum ossinho, vou trazer as ligaduras, quero ver se no fim da semana começo a montar ele.

Abrimos uma lata de sardinha que comemos com pão, minha prima tinha sempre alguma lata escondida, costumava estudar até a madrugada e depois fazia sua ceia. Quando acabou o pão, abriu um pacote de bolacha Maria.

— De onde vem esse cheiro? — perguntei farejando. Fui até o caixotinho, voltei, cheirei o assoalho. — Você não está sentindo um cheiro meio ardido?

— É de bolor. A casa inteira cheira assim — ela disse. E puxou o caixotinho para debaixo da cama.

No sonho, um anão louro de colete xadrez e cabelo repartido no meio entrou no quarto fumando charuto. Sentou-se na cama da minha prima, cruzou as perninhas e ali ficou muito sério, vendo-a dormir. Eu quis gritar, Tem um anão no quarto!, mas acordei antes. A luz estava acesa. Ajoelhada no chão, ainda vestida, minha prima olhava fixamente algum ponto do assoalho.

— Que é que você está fazendo aí? — perguntei.

— Essas formigas. Apareceram de repente, já enturmadas. Tão decididas, está vendo?

Levantei e dei com as formigas pequenas e ruivas que entravam em trilha espessa pela fresta debaixo da porta, atravessavam o quarto, subiam pela parede do caixotinho de ossos e desembocavam lá dentro, disciplinadas como um exército em marcha exemplar.

— São milhares, nunca vi tanta formiga assim. E não tem trilha de volta, só de ida — estranhei.

— Só de ida.

Contei-lhe meu pesadelo com o anão sentado em sua cama.

— Está debaixo dela — disse minha prima e puxou para fora o caixotinho. Levantou o plástico. — Preto de formiga! Me dá o vidro de álcool.

— Deve ter sobrado alguma coisa aí nesses ossos e elas descobriram, formiga descobre tudo. Se eu fosse você, levava isso lá pra fora.

— Mas os ossos estão completamente limpos, eu já disse. Não ficou nem um fiapo de cartilagem, limpíssimos. Queria saber o que essas bandidas vêm fuçar aqui.

Respingou fartamente o álcool em todo o caixote. Em seguida, calçou os sapatos e, como uma equilibrista andando no fio de arame, foi pisando firme, um pé diante do outro na trilha de formigas. Foi e voltou duas vezes. Apagou o cigarro. Puxou a cadeira. E ficou olhando dentro do caixotinho.

— Esquisito. Muito esquisito.

— O quê?

— Me lembro que botei o crânio em cima da pilha, me lembro que até calcei ele com as omoplatas para não rolar. E agora ele está aí no chão do caixote, com uma omoplata de cada lado. Por acaso você mexeu aqui?

— Deus me livre, tenho nojo de osso! Ainda mais de anão. Ela cobriu o caixotinho com o plástico, empurrou-o com o pé e levou o fogareiro para a mesa, era a hora do seu chá. No chão, a trilha de formigas mortas era agora uma fita escura que encolheu. Uma formiguinha que escapou da matança passou perto do meu pé, já ia esmagá-la quando vi que levava as mãos à cabeça, como uma pessoa desesperada. Deixei-a sumir numa fresta do assoalho.

Voltei a sonhar aflitivamente, mas dessa vez foi o antigo pesadelo com os exames, o professor fazendo uma pergunta atrás da outra e eu muda diante do único ponto que não tinha estudado. Às seis horas o despertador disparou veementemente. Travei a campainha. Minha prima dormia com a cabeça coberta. No banheiro, olhei com atenção para as paredes, para o chão de cimento, à procura delas. Não vi nenhuma. Voltei pisando na ponta dos pés e então entreabri as folhas da veneziana. O cheiro suspeito da noite tinha desaparecido. Olhei para o chão: desaparecera também a trilha do exército massacrado. Espiei debaixo da cama e não vi o menor movimento de formigas no caixotinho coberto.

Quando cheguei por volta das sete da noite, minha prima já estava no quarto. Achei-a tão abatida que carreguei no sal da omelete, tinha a pressão baixa. Comemos num silêncio voraz. Então me lembrei.

— E as formigas?

— Até agora, nenhuma.

— Você varreu as mortas?

Ela ficou me olhando.

— Não varri nada, estava exausta. Não foi você que varreu?

— Eu?! Quando acordei, não tinha nem sinal de formiga nesse chão, estava certa que antes de deitar você juntou tudo... Mas então, quem?!

Ela apertou os olhos estrábicos, ficava estrábica quando se preocupava.

— Muito esquisito mesmo. Esquisitíssimo.

Fui buscar o tablete de chocolate e perto da porta senti

de novo o cheiro, mas seria bolor? Não me parecia um cheiro assim inocente, quis chamar a atenção da minha prima para esse aspecto, mas ela estava tão deprimida que achei melhor ficar quieta. Espargi água-de-colônia Flor de Maçã por todo o quarto (e se ele cheirasse como um pomar?) e fui deitar cedo. Tive o segundo tipo de sonho, que competia nas repetições com o tal sonho da prova oral, nele eu marcava encontro com dois namorados ao mesmo tempo. E no mesmo lugar. Chegava o primeiro e minha aflição era levá-lo embora dali antes que chegasse o segundo. O segundo, desta vez, era o anão. Quando só restou o oco de silêncio e sombra, a voz da minha prima me fisgou e me trouxe para a superfície. Abri os olhos com esforço. Ela estava sentada na beira da minha cama, de pijama e completamente estrábica.

— Elas voltaram.

— Quem?

— As formigas. Só atacam de noite, antes da madrugada. Estão todas aí de novo.

A trilha da véspera, intensa, fechada, seguia o antigo percurso da porta até o caixotinho de ossos por onde subia na mesma formação até desformigar lá dentro. Sem caminho de volta.

— E os ossos?

Ela se enrolou no cobertor, estava tremendo.

— Aí é que está o mistério. Aconteceu uma coisa, não entendo mais nada! Acordei pra fazer pipi, devia ser umas três horas. Na volta, senti que no quarto tinha *algo* mais, está me entendendo? Olhei pro chão e vi a fila dura de formigas, você se lembra? Não tinha nenhuma quando chegamos. Fui ver o caixotinho, todas se trançando lá dentro, lógico, mas não foi isso o que quase me fez cair pra trás, tem uma coisa mais grave: é que os ossos estão mesmo mudando de posição, eu já desconfiava mas agora estou certa, pouco a pouco eles estão... Estão se organizando.

— Como, se organizando?

Ela ficou pensativa. Comecei a tremer de frio, peguei uma ponta do seu cobertor. Cobri meu urso com o lençol.

— Você lembra, o crânio entre as omoplatas, não deixei ele assim.

Agora é a coluna vertebral que já está quase formada, uma vértebra atrás da outra, cada ossinho tomando o seu lugar, alguém do ramo está montando o esqueleto, mais um pouco e... Venha ver!

— Credo, não quero ver nada. Estão colando o anão, é isso?

Ficamos olhando a trilha rapidíssima, tão apertada que nela não caberia sequer um grão de poeira. Pulei-a com o maior cuidado quando fui esquentar o chá. Uma formiguinha desgarrada (a mesma daquela noite?) sacudia a cabeça entre as mãos. Comecei a rir e tanto que se o chão não estivesse ocupado, rolaria por ali de tanto rir. Dormimos juntas na minha cama. Ela dormia ainda quando saí para a primeira aula. No chão, nem sombra de formiga, mortas e vivas desapareciam com a luz do dia.

Voltei tarde essa noite, um colega tinha se casado e teve festa. Vim animada, com vontade de cantar, passei da conta. Só na escada é que me lembrei: o anão. Minha prima arrastara a mesa para a porta e estudava com o bule fumegando no fogareiro.

— Hoje não vou dormir, quero ficar de vigia — ela avisou.

O assoalho ainda estava limpo. Me abracei ao urso.

— Estou com medo.

Ela foi buscar uma pílula para atenuar minha ressaca, me fez engolir a pílula com um gole de chá e ajudou a me despir.

— Fico vigiando, pode dormir sossegada. Por enquanto não apareceu nenhuma, não está na hora delas, é daqui a pouco que começa. Examinei com a lupa debaixo da porta, sabe que não consigo descobrir de onde brotam?

Tombei na cama, acho que nem respondi. No topo da escada o anão me agarrou pelos pulsos e rodopiou comigo até o quarto, Acorda, acorda! Demorei para reconhecer minha prima que me segurava pelos cotovelos. Estava lívida. E vesga.

— Voltaram — ela disse.

Apertei entre as mãos a cabeça dolorida.

— Estão aí?

Ela falava num tom miúdo, como se uma formiguinha falasse com sua voz.

— Acabei dormindo em cima da mesa, estava exausta. Quando acordei, a trilha já estava em plena movimentação. Então fui ver o caixotinho, aconteceu o que eu esperava...

— O que foi? Fala depressa, o que foi?

Ela firmou o olhar oblíquo no caixotinho debaixo da cama.

— Estão mesmo montando ele. E rapidamente, entende? O esqueleto já está inteiro, só falta o fêmur. E os ossinhos da mão esquerda, fazem isso num instante. Vamos embora daqui.

— Você está falando sério?

— Vamos embora, já arrumei as malas.

A mesa estava limpa e vazios os armários escancarados.

— Mas sair assim, de madrugada? Podemos sair assim?

— Imediatamente, melhor não esperar que a bruxa acorde. Vamos, levanta!

— E para onde a gente vai?

— Não interessa, depois a gente vê. Vamos, vista isto, temos que sair antes que o anão fique pronto.

Olhei de longe a trilha: nunca elas me pareceram tão rápidas. Calcei os sapatos, descolei a gravura da parede, enfiei o urso no bolso da japona e fomos arrastando as malas pelas escadas, mais intenso o cheiro que vinha do quarto, deixamos a porta aberta. Foi o gato que miou comprido ou foi um grito?

No céu, as últimas estrelas já empalideciam. Quando encarei a casa, só a janela vazada nos via, o outro olho era penumbra.

Senhor Diretor

Seca no Nordeste. Na Amazônia, cheia — leu Maria Emília na manchete do jornal preso aos varais da banca com prendedores de roupa. Desviou o olhar severo para a capa da revista com a jovem de biquíni amarelo na frente, ele atrás, enlaçando-a na altura dos seios nus, amassados sob os braços peludos. Estavam molhados com se tivessem saído juntos de uma ducha. Sérios. Por que todas essas fotos obscenas tinham esse ar agressivo? Emendados feito animais. E brilhosos, escorrendo uma água oleosa, desde Sodoma e Gomorra os óleos e unguentos perfumados fazendo parte das orgias. Até a manteiga, imagine, a inocente manteiga. Audácia da Mariana em contar o episódio da manteiga, aquela indecência que viu num cinema em Paris. E se sacudindo de rir, foi tão engraçado, Mimi, ele dançando o tango de calças abaixadas, tão cômico! E confessou que viu o filme duas vezes para entender melhor aquele pedaço, a debiloide. É o cúmulo. Disse que apareceu uma marca de manteiga que aproveitou para fazer sua propaganda, funcional com ou sem sal! Três anos mais velha do que eu, sessenta e quatro e meio. E se deliciando com a cena de um anormal pedindo manteiga. Como é que as autoridades permitem tamanho deboche? Falta de respeito. De pudor. Se uma mulher de sessenta e quatro anos e meio se deixa levar como uma folha na correnteza, o que dizer então dos jovens? Meus Céus, meus Céus, os frágeis jovens sem estrutura, sem defesa, vendo esses filmes. Essas publicações. Televisão é outro foco de imoralidade. Anúncios mais sujos, uma afronta. Hoje mesmo escreveria uma carta ao *Jornal da Tarde*, carta vazada em termos educados. Suspirou. Ainda há pessoas educadas mas que também (a fisionomia endureceu) podem ficar coléricas. Senhor Diretor: antes e acima de tudo quero me apresentar, professora aposentada que sou, paulista, solteira. Um momento, solteira não, imagine, por que declinar meu estado civil? Basta isto, uma professora paulista que tomou a liberdade de lhe escrever porque a ninguém mais lhe ocorre expor sua revolta, mais do que revolta, seu horror diante desse espetáculo que a nossa pobre cidade nos obriga a presenciar desde o instante em que se põe o pé na rua. O pé na rua? A coisa já invadiu a intimidade dos nossos lares, não tenho filhos, é lógico, mas se tivesse estaria agora desesperada, essa mania de iniciar as crianças em assuntos de sexo, esses livros, esses programas infantis, Senhor Diretor, e esses programas que conspurcam nossas inocentes crianças, e o filme que fizeram com a manteiga! Um momento, espera, esse pedaço não: digo que a tevê está exorbitando de um modo geral em nos impor a imagem da boçalidade e digo que resisti em comprar uma televisão, Senhor Diretor. Mas sou sozinha e, às vezes, a solidão. A perigosa solidão. Mas fico vigilante (aprumou-se, levantou a cabeça) para não acontecer comigo o que aconteceu com a Mariana, tão fina, tão prendada. Família tradicional, de um dos melhores troncos paulistas, olha aí a Mariana. *Viagem joia. Fiz compras lindas mas está na hora de voltar porque minha calça já perdeu o vinco*, escreveu no cartão que me mandou de Manaus. A calça perdeu o vinco e ela, a vergonha. Sessenta e quatro anos e meio. Quem visse podia pensar, É uma jovem que foi fazer contrabando. Espera, jovem não, que jovem não se importa com vinco de calça, postal de uma velha mesmo e com medo de parecer desatualizada. Então conta bandalheiras, me diz *ôi!* no telefone e usa calça grudada no *derrière*. Só falta usar aquelas camisetas com coisas escritas nas costas. Tanto medo, Senhor Diretor. Tanto medo. Eu também tenho medo, é duro envelhecer, reconheço. Mas e o orgulho? Apertou a bolsa contra o peito e lançou um olhar em redor. Meus cabelos branquearam, meus dentes escureceram e minhas mãos, Senhor Diretor, estas mãos que — era voz corrente — foram sempre o que tive de mais bonito. Olhou as próprias mãos enluvadas. Ainda bem que estão enluvadas.

— A senhora me dá licença? — disse o vendedor de jornais despregando do varal a revista com os jovens escorrendo água.

Ela afastou-se com um olhar desaprovador para a mocinha de olhos bistrados, mascando chiclete de bola: queria a revista e queria também uma novela em quadrinhos, "Aquela ali", pediu e entre os lábios o chiclete estufou rosado até estourar num puf! Maria Emília voltou depressa para o outro lado o rosto desgostoso, eis aí. Já estava escrevendo uma outra carta, meus Céus, não misturar os assuntos que *velhice* era outro tópico, agora tinha que se concentrar nessa sufocante vaga de vulgaridade que contaminava até as pedras. A poluição também ficaria para uma outra vez, o que interessava denunciar era essa poluição da alma. A Mariana, por exemplo. Está resistindo bem ao ar, até que está saudável apesar da asma, mas e por dentro? *Resistir, quem há de? Uma ilusão gemia em cada canto* — gemia ou chorava? Tempo de sentimento. De poesia. Agora o tempo ficou só de detergentes para as pias, desodorantes para as partes, a quantidade de anúncios de desodorantes. Como se o simples sabão não resolvesse mais. Mariana ouvia a publicidade na tevê, no rádio, entrava nos mercados e comprava tudo, até pílulas homeopáticas para excesso e escassez, mas Mariana, minha querida, já faz tanto tempo que você está na menopausa! Ela riu, meu Deus, é claro, ando atordoada com tanta ordem que eles dão, não é que acabei me distraindo? Um dia ainda vai me dizer que foi lançado o ser biônico para damas e cavalheiros solitários, a tevê deu, Mimi, fazem tudo com a gente! Portátil. Eletrodomésticos. Eletrochoques. Desconfio às vezes que ela está ficando louca, que todos estamos ficando loucos. Que estamos nos afastando cada vez mais de um planeta de paz e nos aproximando rapidamente de outro planeta só de aflição, só de violência (essa ideia é boa) e daí, Senhor Diretor, é preciso alertar a população, alertar as autoridades, temos que neutralizar essa influência perversa. O senhor, eu — a elite pode estar a salvo. Mas e os outros? Quando fui de ônibus para Brasília, eu mesma não me envolvi como uma criança débil? Por toda parte só um anúncio, Beba Coca--Cola! Beba Coca-Cola! Nas estradas, nas cidades, nas árvores e nas fachadas, nos muros e nos postes, até no toalete de lanchonetes perdidas lá no inferno velho, a ordem, Beba Coca-Cola! E eu então — ai de mim! — com toda a ojeriza que tenho por esse refrigerante, pensando em pedir uma tônica com limão ou um guaraná, naquele calor e naquele cansaço, cheguei no balcão e pedi uma Coca-Cola gelada. Acordei do obumbramento engolindo aquela coisa marrom com gosto de sabonete de trem, tinha um trem (faz tanto tempo, Senhor Diretor) com esse sabonete redondo e preto, dependurado na correntinha do toalete. Meu pai me ajudava a esfregar as mãos, eu era uma menininha de cachos mas até hoje sinto o cheiro daquela espuma. Imagine se papai estivesse vivo e soubesse do que aconteceu no Municipal, um moço subindo no palco e fazendo a necessidade, ali em cima dos dourados, sob as vistas de Carlos Gomes, de Verdi! Espera, melhor cortar esse pedaço, mais objetividade: insistir apenas nisso, no perigo dessa propaganda que, bem dirigida, pode até torcer um destino como aquele mágico torcia talheres. A ordem de beber Coca-Cola não corresponde de um certo modo a essa ordem de fazer amor, Faça amor, faça amor! Cheguei um dia a ter uma miragem quando em lugar da garrafinha escorrendo água no anúncio, vi um fálus no fundo vermelho. Em ereção, espumejando no céu de fogo — horror, horror, nunca vi nenhum fálus, mas a gente não acaba mesmo fazendo associações desse tipo? E os santos, meus Céus, como é que estão se defendendo os que têm vocação para a santidade? É preciso ter couro de jacaré para aguentar tamanho impacto. E esta pobre pele tão fina apesar do tempo, ainda preservada nas partes cobertas. Não foi no jornal que a Mariana leu (o fascínio que tem por jornais populares) o caso daquele moço? Monstruosidade, o moço que pegou uma garrafinha de Coca-Cola e enfiou quase inteira lá dentro da menina, horrível, quando chegaram ao hospital ela já estava agonizando, Mas por que fez isso, monstro?! o delegado perguntou e ele respondeu chorando aos gritos que também não sabia, não sabia, só se lembrava que uma vez leu numa revista que em Hollywood, numa festa que durou três dias, um artista enfiou uma garrafa de champanhe na namorada quando também não conseguiu fazer naturalmente. Mas me lembrei disso por lembrar, ideias extravagantes.

Assustou-se com a buzina de um carro que passou rente à calçada, levantando poeira, Mas é preciso buzinar assim? Aproximou-se novamente da banca e percorreu com o olhar incerto o jornal que o vento sacudia. E se fosse tranquilamente ler na praça? Mas a praça devia estar tão suja, que prazer podia se encontrar numa praça assim? Era um bom assunto para a carta, a sujeira dos nossos jardins, o único problema é que podia ficar comprida demais. E queria ser breve. Mas é difícil ser breve, Senhor Diretor. Tão difícil.

O Nordeste passa por uma forte estiagem que já destruiu mais de 90% da produção agrícola, ao passo que a Amazônia sofre o flagelo das cheias com a chegada das chuvas — leu Maria Emília. Desespero na escassez. Desespero no excesso. Não tive ninguém, mas Mariana exorbitou: três maridos sem falar nos amantes. Rim quente. Se ela pudesse fazer uma plástica ainda ia continuar, mas Doutor Braga foi positivo, Se a senhora se opera, fica na mesa que seu coração não aguenta, está me compreendendo? Compreendeu. Ainda bem. A Elza não ficou? Outra vítima da publicidade, a querida Elza. Lastimava tanto a agitação de Mariana, se gabava de aceitar a velhice sem resistência, a pobre querida. Mas tanto ouviu contar das rainhas e estrelas de cinema chegando de longe para renovar a cara, que acabou se impressionando, era muito impressionável. O telefonema de madrugada, Dona Maria Emília, eu queria avisar que o enterro da vovó vai ser às nove horas, sabemos que eram tão amigas. Mas enterro de quem, meus Céus?! Da Elza? Mas a Elza morreu? Não, a Elza, não! Estivemos juntas faz dois dias, ela estava esplêndida! Síncope? Síncope cardíaca? Mesmo em meio do meu pranto, senti as reticências do neto, cheguei a pensar num absurdo, quer ver que ela se matou? Enterro às nove. Quando me debrucei no caixão é que entendi tudo, a querida, a pobre querida com a cara toda pincelada de mercurocromo. Morreu na anestesia, quando o tal médico com nome de bicho, como é mesmo?, bem, quando ele já se preparava para os primeiros cortes. Imagine, operar uma velha, Elza tinha seguramente seis anos mais do que eu. Mas é proibido envelhecer? Outro ponto importante, Senhor Diretor, devia haver um dispositivo regulando isso, essa velharada se operando por aí, já com começo de esclerose. Nem agonizantes escapam, lembra da prima do Leal que estava com aquela doença? Um mês antes da morte a pobrezinha inventou de puxar a cara e o médico sabia, o mercenário. O consolo é que ela morreu bastante remoçada, a tonta da Mariana veio me dizer na missa.

Um cinema? Olhou o céu de um azul-pálido. Puro. Uma pena trocar aquela tarde por uma sala escura mas ir aonde então? Um chá? Mas será que restara alguma confeitaria decente por ali? Ficou olhando, crispada, o homem de cabelos emplastrados que se aproximou para examinar de perto o pôster colorido preso no varal inferior da banca. Ele usava brilhantina e mesmo sem ver-lhe a cara podia adivinhar a cupidez dos olhinhos ramelosos (deviam ser miúdos, ramelosos) colados ao biquíni vermelho da ruiva montada de frente numa cadeira, empinados os bicos dos seios duros. Botas, chapéu de caubói, um revólver em cada mão. E o biquíni tão ajustado entre as pernas que se via nitidamente o montículo de pelos aplacados sob o cetim, mais expostos do que se estivessem sem nada em cima. Olha aí, Senhor Diretor. A imagem da mulher-objeto, como dizem as meninas lá do grupo feminista. Meninas inteligentes, cultas, quase todas de nível universitário. Mas, meus Céus, se ao menos fossem mais moderadas. Mais discretas. Reivindicar tanta coisa ao mesmo tempo, tanta mudança de repente não pode ser prejudicial? Um abalo nas nossas raízes, acho que estão correndo demais. Com a idade delas eu nem pensava, por exemplo, nesta palavra, *prostituta*. E a própria se levanta e começa a defender a profissão, pensei que não estivesse entendendo direito, *profissão*! E a jovem ali em carne e osso, precisei me beliscar, Mas será que estou acordada? Até que tinha um jeitinho de secretária de uma dessas firmas americanas, o perfil mimoso que me fez lembrar uma antiga colega do Des Oiseaux, a Carola, que morreu antes da nossa primeira comunhão. Juro que me esforcei para compreender, participar de sua cólera, a mundana estava colérica com uma série de coisas realmente deploráveis que a polícia faz com essas mulheres. Então tentei ficar solidária na cólera e descobri que estava era com raiva dela, ora, que despautério! Será que não podia escolher uma outra atividade? Assegurar sua liberdade profissional, que topete! Quando se levantou a advogada de óculos, respirei: agora o nível das discussões vai subir, pensei, e até que no começo ela foi bastante feliz quando fez uma exposição das raízes históricas da condição da mulher, acho tão nobre essa expressão, *condição da mulher*. E de repente desatou a falar em clitóris, porque o clitóris, o clitóris... E com homens por ali, eu já não sabia onde enfiar a cabeça quando ela contou que não sei mais em que país eles faziam uma incisão no clitóris da mulher para que ela não sentisse nenhum prazer, o sexo transformado em agulheiro — simples instrumento de penetração. E deu outros exemplos igualmente horríveis. Concordo, uma crueldade essas práticas todas. Mas trazer isso para um debate? Quis disfarçar, mostrar que não estava chocada mas quando dei conta de mim, estava aplaudindo mais do que todas, sempre acontece que por timidez, por medo do palco, acabo entrando no próprio. Se frequentasse esse grupo, ia acabar como a Mariana, de jeans e dedos cheios de anéis. Os crimes contra a mulher, agora lembro, era esse o tema da mesa-redonda. Eu acuso, eu acuso! — repetia uma moça de bata rendada, grávida e defendendo o direito de abortar, tinha sido estuprada em plena rua e agora atacava até o Papa, Deus que me perdoe a heresia mas em casos assim extremos quem sabe seria mesmo aconselhável alguma medida que interrompesse a gestação? Fiquei com muita pena, Eu acuso, eu acuso! ela repetia com os olhos cheios de lágrimas, mas ao mesmo tempo, aceitar o aborto — oh, essa palavra tão forte. Fiquei deprimida, pensando na mamãe que não fez a tal incisão mas que nunca sentiu o menor prazer. E teve oito filhos. Oito. Quarenta anos de casamento sem prazer: um agulheiro calado. Mas já estou enveredando por outros caminhos, que difícil, meus Céus, dizer exatamente o que se deseja dizer, tanta coisa vem pelo meio. *A Forma, fria e espessa, é um sepulcro de neve... E a Palavra pesada abafa a Ideia leve* — escreveu Olavo Bilac, na *Inania Verba*. Meu poeta predileto, Senhor Diretor, sempre gostei de poesia. Até declamava. E se no final da carta, à guisa de quem pede desculpas, transcrever esses versos? Mas espera, vamos pelo princípio. Senhor Diretor: antes e acima de tudo quero me apresentar, professora que sou. Paulista. Aposentada. Paulista aposentada, olha aí a tolice. Professora que sou, aposentada. Com duas rugas fundas entre as sobrancelhas de tanto olhar brava para as meninas, não vou escrever esse pedaço mas me lembro bem do começo dessas rugas, querendo com elas segurar aquela meninada que vinha espumejante como um rio, cobrindo tudo, tamanha força, uma classe depois da outra, uma depois da outra — por que me fazem pensar num rio sem princípio nem fim? Eu ficava sem voz de tanto pedir silêncio, a garganta escalavrada. Então olhava com essa cara e elas iam sossegando, durante alguns minutos ficavam com medo. Para recomeçar em seguida na maior algazarra, os peitinhos empurrando o avental, excitadas, úmidas, explodiam principalmente no verão. Eu evitava roçar nelas quando voltavam do recreio, mais forte o cheiro ácido de suor e poeira, mastigando ainda a banana, o pão com manteiga. Os gritos, os risos, a raiva — tudo uma coisa só. No fim do ano, se despediam chorando, me davam flores. Todas me esqueceram. A marca ficou só em mim, nesse meu jeito de olhar as pessoas, vigilante, desconfiada. A verdade é que eu tinha medo delas como elas tinham medo de mim, mas seu medo era curto. O meu foi tão longo, Senhor Diretor. Tão longo.

Lançou um último olhar para a banca de jornais, onde o jornaleiro palitava os dentes e proseava com o homem da brilhantina. Uma altiva dama bem distante de toda essa frivolidade — os dois deviam estar pensando quando passou diante deles, pisando com firmeza, emocionada com a própria distinção. Foi indo pela calçada batida de sol, Não era mesmo uma delicadeza aquele sol? Levou a mão à lapela do casaco para se certificar, a camélia ainda estava ali. Uma pequena extravagância, Senhor Diretor, hoje é o meu aniversário e como estava um domingo tão azul, prendi aqui esta flor. Meu costume é sóbrio, meu penteado é sóbrio. Uma sóbria senhora que se permitiu usar uma flor, Posso? Deixou que os lábios se distendessem num discreto sorriso que a fez pensar na Gioconda, tinha a gravura fixada no vidro da estante, o sorriso assim mesmo, reticente, maduro de sabedoria (apertou os olhos) e inabordável. Devia ser também uma mulher só, essa Gioconda. Adentrando a velhice (pisou com mais firmeza) e intacta. Apertou a bolsa debaixo do braço e cruzou molemente as mãos na altura do peito, num movimento de pontas de xale, as longas franjas (relaxou os dedos) pendendo — mas o que significa isso? Fechou o sorriso. Essa mulher aí de minissaia, vindo toda rebolante com o homem de óculos escuros. Varizes nas pernas. E a inconsciente com o saiote ridículo mostrando a rendinha da calça, mas e a polícia? Não tem mais polícia nesta terra? Logo atrás, uma pequena prostituta (catorze anos?) mal se equilibrando nos tamancos com grossas plataformas de cortiça, as pálpebras pesadas de purpurina verde. Colado ao seu calcanhar, um velho com perfil de caçador — meus Céus, mas onde anda o juizado de menores? Em pleno dia.

Um farrapo de papel higiênico azul levantou-se do lixo amontoado na esquina e veio em voo rasteiro, ondulante no inesperado vento. Ela desviou-se rápida e a serpentina se enrolou no tornozelo do homem que vinha um pouco atrás, descascando uma tangerina. O homem ia atirando as cascas para os lados, semeador alegre. Realizado. Quando emparelhou com ele, ostensivamente ela indicou num movimento de cabeça a lixeira metálica, presa ao poste: *São Paulo é uma cidade limpa* — estava escrito na lixeira quase vazia. Mas o homem prosseguia cuspindo os caroços com força, como uma criança disputando com outra para ver quem consegue cuspir mais longe. Compete à prefeitura, Senhor Diretor, estudar urgentemente um projeto de educação desse povo que tem a idade mental daquelas meninas que eu ia fiscalizar quando saíam do reservado, Puxou a descarga? eu perguntava. E a cara inocente de susto, Ai! esqueci. Mas será que só eu no meio desta multidão se importa? Se constrange? Parou desarvorada na esquina. Avançou o olhar por cima dos carros até o imenso cartaz de cinema no outro lado da rua. Filme nacional? Nacional, claro, se tem cama, mulher com cara de gozo e homem em trajes menores, só pode ser cinema brasileiro, uma verdadeira afronta, incrível, como a censura permite? Não, a carta não seria sobre o lixo, nada de misturar os assuntos, a sujeira interna, Senhor Diretor, essa é pior do que o lixo atômico porque não se lava com uma simples escova. Acelerou a marcha, devia ter outro cinema adiante, esperaria pela noite num cinema. Agradeço muito, meus queridos, mas hoje já tenho um compromisso com um grupo de amigas, vão me oferecer um chá, vocês não se importam se marcarmos um outro dia? Os sobrinhos protestaram, até que se importavam e muito, oh, mas que tia ingrata, esnobando a sobrinhada no dia do aniversário. E bem no fundo será que não sentiram a maliciosa alegriazinha de quem acaba de ganhar uma tarde? E sem remorso, pois não foi ela que recusou? Agora ali estava, cercada de gente por todos os lados. E ainda mais solitária do que fechada no quarto, onde seus objetos lhe asseguravam a memória já na faixa da insegurança, badulaques. Retratos. Vontade de voltar depressa, mas não, saíra para fazer um programa, Não posso estar com vocês porque me comprometi com minhas amigas. As amigas. Eleonora, de bacia quebrada, a coitadinha. Mariana, se embaralhando em alguma mesa, a cabeça já não dava nem para um sete e meio e inventou de aprender bridge, não estava na moda? Beatriz, pajeando o bando de netos enquanto a nora adernava no oitavo mês. E Elza estava morta.

No fim do quarteirão, um cinema menor exibia cartazes com cenas de caçadores num safári. Interessou-se pela foto da loura sendo atacada por um crocodilo enquanto o caçador (mas que homem lindo) era pisoteado por um javali. Ainda bem. O porteiro informou que o filme já ia adiantado, por acaso não preferia entrar na próxima sessão? Agradeceu mas não podia esperar, a temperatura estava caindo, logo mais seria inverno com um chuvisco e esquecera o guarda-chuva. Também esqueci o meu, ele disse e ela o encarou mais demoradamente, Não era mesmo gentil? Em meio da invasão dos bárbaros, ainda restavam alguns antigos habitantes da aldeia, raros, sim, completamente derrotados (a roupa do porteiro mal guardara a cor) mas conservando o sentimento do respeito ao próximo, não, não pedia amor mas ao menos respeito. Desceu a escada apoiada ao corrimão. E sob o olhar dele tão zeloso, podia até jurar que a seguia, Cuidado com os degraus! Entrou emocionada no aconchego da sala escura. Pouca gente. Descansou a bolsa no colo, abriu o botão da gola da blusa e colocou os óculos. Na tela, um barbudo de cabelos esgrouvinhados espiava por entre a folhagem uma loura que tinha ido nadar nua na lagoa. Ela foi afundando na poltrona enquanto a loura emergia do fundo na direção do homem, Meus Céus, também aqui?! Fixou o olhar no casal todo enrolado na fileira da frente. Beijavam-se com tanta fúria que o som pegajoso era ainda mais nítido do que o barulho dos dois corpos amassando a folhagem na tela. Um pouco adiante, na mesma fileira, outro casal que acabara de chegar já se atracava resfolegante, a mão dele procurando sob as roupas dela — encontrou? Encontrou. Podia sentir o hálito ardente dos corpos se sacudindo tão intensamente que toda a tosca fila de cadeiras começou a se sacudir no mesmo ritmo. Encolheu-se. Feito bichos. O melhor era não ligar, pensar em outra coisa, que coisa? A manchete, tinha memória excelente, no colégio podia repetir uma página inteira lida duas ou três vezes, *O Nordeste passa por uma forte estiagem, por uma forte estiagem* mas onde anda o homem da lanterninha, não tem mais esse homem? Eram tão atentos os vaga-lumes acendendo suas lanternas na cara dos inconvenientes, Mas não vai clarear? Se ao menos clareasse. Segurou com força no assento e o couro da poltrona lhe pareceu viscoso, Sêmen? Calçou as luvas e juntou as pernas. Senhor Diretor: antes e acima de tudo, quero me apresentar, professora aposentada que sou. Paulista. Virgem. Fechou os olhos, virgem, virgem verdadeira, não é para escrever mas não seria um dado importante? Desabotoou o segundo botão, a blusa encolheu na lavagem ou seu pescoço estava mais grosso? Sentiu-se desalinhada, descomposta, mas deixa eu ficar um pouco assim, está escuro, ninguém está prestando atenção em mim, nem no claro prestam, quem é que está se importando, quem? E se por acaso o certo for isso mesmo que está aí? Esse gozo, essa alegria úmida nos corpos. Nas palavras. Esse arfar espumejante como o rio daquelas meninas, aquelas minhas alunas que eram como um rio, tentou detê--lo com sua voz rouca, com seus vincos e o rio transbordou inundando tudo, camas, casas, ruas... E se o normal for o sexo contente da moça suspirando aí nessa poltrona — pois não seria para isso mesmo que foi feito? Virgem, Senhor Diretor. Que sei eu desse desejo que ferve desde a Bíblia, todos conhecendo e gerando e conhecendo e gerando, homens, plantas, bichos. Mamãe tinha medo do sexo, herdei esse medo — não foi dela que herdei? Aquelas moças lá do movimento feminista, tão desreprimidas, tão soltas, será que são assim mesmo ou representam? Nenhum pudor, falam de tudo. Fazem tudo. Meu constrangimento quando me queixei para mamãe e o constrangimento dela quando me levou à médica, só uma mulher podia examinar minhas partes, baixava a voz quando dizia *partes*. Minha filha está com um pouco de corrimento, disse e fez aquela cara infeliz. Enrijeci as pernas quando o dedo enluvado me tocou e me lembrei dela dizendo à minha avó que cumpria seus deveres de esposa sem nenhum prazer até o amargo fim. Até o amargo fim, mamãe? A fonte do seu sofrimento era agora esta fonte de onde corria um fluxo. Tentei me descontrair na posição medonha (você está tão dura, menina, parece de ferro, relaxa que não vou te machucar) e olhei para mamãe. Ela era inteira uma estátua lacrimosa, apertando solidária a minha mão. Pronto, pode vestir a calcinha, ordenou a voz por entre minhas pernas. Nada grave, menina, você tem *flores--brancas*, às vezes as virgens padecem disso. Flores-brancas. Secaram, Senhor Diretor, também elas foram secando. Seca tudo, a velhice é seca, toda água evaporou de mim, minha pele secou, as unhas secaram, o cabelo que estala e quebra no pente. O sexo sem secreções. Seco. Faz tempo que secou completamente, fonte selada. A única diferença é que um dia, no Nordeste, volta a chuva.

Na tela, o homem do safári entrou na tenda e deitou-se sob o mosquiteiro, fumando tristíssimo porque a amante (mulher do amigo) estava de partida, era mais uma história de traição. Soubera de tantas, a começar por Mariana quando veio lhe pedir chorando que não ficasse brava, que não a condenasse, Não briga comigo, Mimi, mas estou apaixonada pelo Afonso! Que Afonso, Mariana? Só conheço um, o amigo do seu marido, não é o amigo do seu marido? E os olhos de Mariana se abrindo feito duas torneiras: amigo íntimo. Foi implacável, brigou, Você é uma louca, Mariana, uma louca varrida, por que não escolheu ao menos um homem de fora, um estranho? E ela enxugando a cara perplexa, Mas Mimi, então você não compreende? A gente acaba se apaixonando pelos homens da roda mesmo. Afonso é parecido com meu marido, parecido comigo, a gente tem os mesmos gostos, frequenta os mesmos lugares e um dia se olha e então é tarde. É tarde, ficou repetindo e sacudindo a cabeça desarvorada, os cabelos ainda castanhos, ainda com a cor natural, na velhice é que tingiu as mechas de louro-acinzentado. Não me condene, pediu tanto. Condenei-a, sim, e com que rigor. Não seria pura inveja? Esse meu sentimento de superioridade. Desprezo. Inveja, meus Céus? Eu tinha inveja da sua vida inquieta, imprevista, rica de acontecimentos, rica de paixão — era então inveja? Olha que você pintou e bordou, eu lhe disse outro dia e ela riu e seu olhar ficou úmido como se ainda fosse jovem, juventude é umidade. Os poros fechados retendo a água da carne sumorosa, que fruta lembra, pêssego? Que a gente morde e o sumo escorre cálido, a gente? Que os outros morderam, que sei eu dessa fruta? Entrelaçou as mãos no regaço. Assim no escuro as luvas pareciam tão brancas como se nunca tivessem tocado em nada. Fechou depressa os braços contra o corpo para não roçar com o cotovelo no homem que se sentou na poltrona ao lado. Coma com as asas fechadas, mamãe me dizia. Viva com as asas fechadas, podia ter dito. Sim, o meu amor por Deus. Mas tanta disciplina, tanta exatidão pode se chamar de amor? Se ao menos tivesse entrado para um convento, me abrasado nas vigílias, nos jejuns, dilacerando pés e mãos na piedade — que provas dei da minha devoção? É a vontade de Deus, mamãe costumava dizer e eu fiquei repetindo, É a vontade de Deus, mas seria mesmo? Que sei eu dessa Vontade? Minha nota subiu, professora? Só se o caderno estiver em ordem, sem rasgões ou nódoas, encapado com papel-manteiga verde. Manteiga com ou sem sal. Que sei eu desse rio com seus descaminhos? Mas não é no coração que vão dar todos eles? O coração, ele também não se irriga nesse amor?

Abriu a bolsa, tirou o lenço e enxugou os olhos. Através do vidro embaçado dos óculos pressentiu que o filme chegava ao fim e desejou ardentemente que ele se prolongasse, agora não queria mais a claridade, espera, estava tão desalinhada, meus Céus, deixa me abotoar e este cabelo, onde foi parar o grampo? Apalpou depressa a lapela do casaco, desprendeu a camélia e guardou-a no fundo da bolsa. A lágrima contornou-lhe a boca, limpou a boca, como fui me comover desse jeito? Feito uma velha tonta, espera, eu estava querendo dizer que a nossa cidade, Senhor Diretor, que esta pobre cidade — que é que tem mesmo esta pobre cidade? Acabei falando em outras pessoas, em mim, Espera, vamos começar de novo, sim, a carta. Senhor Diretor: antes e acima de tudo. Antes e acima de tudo, Senhor Diretor. Senhor Diretor: Senhor Diretor:

Tigrela

Encontrei Romana por acaso, num café. Estava meio bêbada mas lá no fundo da sua transparente bebedeira senti um depósito espesso subindo rápido quando ficava séria. Então a boca descia, pesada, fugidio o olhar que se transformava de caçador em caça. Duas vezes apertou minha mão, Eu preciso de você, disse. Mas logo em seguida já não precisava mais e esse medo virava indiferença, quase desprezo, com um certo traço torpe engrossando o lábio. Voltava a ser adolescente quando ria, a melhor da nossa classe, sem mistérios. Sem perigo. Fora belíssima e ainda continuava mas sua beleza corrompida agora era triste até na alegria. Contou-me que se separou do quinto marido e vivia com um pequeno tigre num apartamento de cobertura.

Com um tigre, Romana? Ela riu. Tivera um namorado que andara pela Ásia e na bagagem trouxera Tigrela dentro de um cestinho, era pequenina assim, precisou criá-la com mamadeira. Crescera pouco mais do que um gato, desses de pelo fulvo e com listras tostadas, o olhar de ouro. Dois terços de tigre e um terço de mulher, foi se humanizando e agora.

No começo me imitava tanto, era divertido, comecei também a imitá-la e acabamos nos embrulhando de tal jeito que já não sei se foi com ela que aprendi a me olhar no espelho com esse olho de fenda. Ou se foi comigo que aprendeu a se estirar no chão e deitar a cabeça no braço para ouvir música, é tão harmoniosa. Tão limpa, disse Romana, deixando cair o cubo de gelo no copo. O pelo é desta cor, acrescentou mexendo o uísque. Colheu com a ponta dos dedos uma lâmina de gelo que derretia no fundo do copo. Trincou-a nos dentes e o som me fez lembrar que antigamente costumava morder o sorvete. Gostava de uísque, essa Tigrela, mas sabia beber, era contida, só uma vez chegou a ficar realmente de fogo. E Romana sorriu quando se lembrou do bicho dando cambalhotas, rolando pelos móveis até pular no lustre e ficar lá se balançando de um lado para outro, fez Romana imitando frouxamente o movimento de um pêndulo. Despencou com metade do lustre no almofadão e aí dançamos um tango juntas, foi atroz. Depois ficou deprimida e na depressão se exalta, quase arrasou com o jardim, rasgou meu chambre, quebrou coisas. No fim, quis se atirar do parapeito do terraço, que nem gente, igual. Igual, repetiu Romana procurando o relógio no meu pulso. Recorreu a um homem que passou ao lado da nossa mesa, As horas, as horas! Quando soube que faltava pouco para a meia-noite baixou o olhar num cálculo sombrio. Ficou em silêncio. Esperei. Quando recomeçou a falar, me pareceu uma jogadora excitada, escondendo o jogo na voz artificial: Mandei fazer uma grade de aço em toda a volta da mureta, se quiser, ela trepa fácil nessa grade, é claro. Mas já sei que só tenta o suicídio na bebedeira e então basta fechar a porta que dá para o terraço. Está sempre tão lúcida, prosseguiu baixando a voz e seu rosto escureceu. O que foi, Romana? perguntei tocando-lhe a mão. Estava gelada. Fixou em mim o olhar astuto. Pensava em outra coisa quando me disse que no crepúsculo, quando o sol batia de lado no topo do edifício, a sombra da grade se projetava até o meio do tapete da sala e se Tigrela estivesse dormindo no almofadão, era linda a rede de sombra se abatendo sobre seu pelo como uma armadilha.

Mergulhou o dedo indicador no copo, fazendo girar o gelo do uísque. Usava nesse dedo uma esmeralda quadrada, como as rainhas. Mas não é mesmo extraordinário? O pouco espaço do apartamento condicionou o crescimento de um tigre asiático na sábia mágica da adaptação, não passava de um gatarrão que exorbitou, como se intuísse que precisava mesmo se restringir: não mais do que um gato aumentado. Só eu sei que cresceu, só eu notei que está ocupando mais lugar embora continue do mesmo tamanho, ultimamente mal cabemos as duas, uma de nós teria mesmo que... Interrompeu para acender a cigarrilha, a chama vacilante na mão trêmula. Dorme comigo, mas quando está de mal vai dormir no almofadão.

Deve ter dado tanto problema, E os vizinhos? perguntei. Romana endureceu o dedo que mexia o gelo. Não tinha vizinhos, um apartamento por andar num edifício altíssimo, todo branco, estilo mediterrâneo, Você precisa ver como Tigrela combina com o apartamento. Andei pela Pérsia, você sabe, não? E de lá trouxe os panos, os tapetes, ela adora esse conforto veludoso, é tão sensível ao tato, aos cheiros. Quando amanhece inquieta, acendo um incenso, o perfume a amolece. Ligo o toca-discos. Então dorme em meio de espreguiçamentos, desconfio que vê melhor de olhos fechados, como os dragões. Tivera algum trabalho em convencer Aninha de que era apenas um gato desenvolvido, Aninha era a empregada. Mas agora, tudo bem, as duas guardavam uma certa distância e se respeitavam, o importante era isso, o respeito. Aceitara Aninha, que era velha e feia, mas quase agredira a empregada anterior, uma jovem. Enquanto essa jovem esteve comigo, Tigrela praticamente não saiu do jardim, enfurnada na folhagem, o olho apertado, as unhas cravadas na terra.

As unhas, eu comecei e fiquei sem saber o que ia dizer em seguida. A esmeralda tombou de lado como uma cabeça desamparada e foi bater no copo, o dedo era fino demais para o aro. O som da pedra no vidro despertou Romana que me pareceu, por um momento, apática. Levantou a cabeça e vagou o olhar pelas mesas repletas, Que barulho, não? Sugeri que saíssemos, mas ao invés da conta pediu outro uísque, Fique tranquila, estou acostumada, disse e respirou profundamente. Endireitou o corpo. Tigrela gostava de joias e de Bach, sim, Bach, insistia sempre nas mesmas músicas, particularmente na *Paixão Segundo São Mateus*. Uma noite, enquanto eu me vestia para o jantar, ela veio me ver, detesta que eu saia mas nessa noite estava contente, aprovou meu vestido, prefere vestidos mais clássicos e esse era um longo de seda cor de palha, as mangas compridas, a cintura baixa. Gosta, Tigrela? perguntei, e ela veio, pousou as patas no meu colo, lambeu de leve meu queixo para não estragar a maquilagem e começou a puxar com os dentes meu colar de âmbar. Quer para você? perguntei, e ela grunhiu, delicada mas firme. Tirei o colar e o enfiei no pescoço dela. Viu-se no espelho, o olhar úmido de prazer. Depois lambeu minha mão e lá se foi com o colar dependurado no pescoço, as contas maiores roçando o chão. Quando está calma, o olho fica amarelo bem clarinho, da mesma cor do âmbar.

Aninha dorme no apartamento? perguntei e Romana teve um sobressalto, como se apenas naquele instante tivesse tomado consciência de que Aninha chegava cedo e ia embora ao anoitecer, as duas ficavam sós. Encarei-a mais demoradamente e ela riu, Já sei, você está me achando louca, mas assim de fora ninguém entende mesmo, é complicado. E tão simples, você teria que entrar no jogo para entender. Vesti o casaco, mas tinha esfriado? Lembra, Romana? eu perguntei. Da nossa festa de formatura, ainda tenho o retrato, você comprou para o baile um sapato apertado, acabou dançando descalça, na hora da valsa te vi rodopiando de longe, o cabelo solto, o vestido leve, achei uma beleza aquilo de dançar descalça. Ela me olhava com atenção mas não ouviu uma só palavra. Somos vegetarianas, sempre fui vegetariana, você sabe. Eu não sabia. Tigrela só come legumes, ervas frescas e leite com mel, não entra carne em casa, que carne dá mau hálito. E certas ideias, disse e apertou minha mão. Eu preciso de você. Inclinei-me para ouvir, mas o garçom estendeu o braço para apanhar o cinzeiro e Romana ficou de novo frívola, interessada na limpeza do cinzeiro, Por acaso eu já tinha provado leite batido com agrião e melado? A receita é facílima, a gente bate tudo no liquidificador e depois passa na peneira, acrescentou e estendeu a mão. O senhor sabe as horas? Você tem algum compromisso? perguntei e ela respondeu que não, não tinha nada pela frente. Nada mesmo, repetiu e tive a impressão de que empalideceu, enquanto a boca se entreabria para voltar ao seu cálculo obscuro. Colheu na ponta da língua o cubo diminuído de gelo, trincou-o nos dentes. Ainda não aconteceu mas vai acontecer, disse com certa dificuldade porque o gelo lhe queimava a língua. Fiquei esperando. O largo gole de uísque pareceu devolver-lhe algum calor. Uma noite dessas, quando eu voltar para casa o porteiro pode vir correndo me dizer, A senhora sabe? De algum desses terraços... Mas pode também não dizer nada e terei que subir e continuar bem natural para que ela não perceba, ganhar mais um dia. Às vezes nos medimos e não sei o resultado, ensinei-lhe tanta coisa, aprendi outro tanto, disse Romana esboçando um gesto que não completou. Já contei que é Aninha quem lhe apara as unhas? Entrega-lhe a pata sem a menor resistência, mas não permite que lhe escove os dentes, tem as gengivas muito sensíveis. Comprei uma escova de cerda natural, o movimento da escova tem que ser de cima para baixo, bem suavemente, a pasta com sabor de hortelã. Não usa o fio dental porque não come nada de fibroso, mas se um dia me comer sabe onde encontrar o fio.

Pedi um sanduíche, Romana pediu cenouras cruas, bem lavadas. E sal, avisou apontando o copo vazio. Enquanto o garçom serviu o uísque, não falamos. Quando se afastou, comecei a rir, É verdade, Romana? Tudo isso! Não respondeu, somava de novo suas lembranças e entre todas, aquela que lhe tirava o ar: respirou com esforço, afrouxando o laço da echarpe. A nódoa roxa apareceu em seu pescoço. Desviei o olhar para a parede. Através do espelho vi quando refez o nó e cheirou o uísque. Riu. Tigrela sabia quando o uísque era falsificado, Até hoje não distingo, mas uma noite ela deu uma patada na garrafa que voou longe. Por que fez isso, Tigrela? Não me respondeu. Fui ver os cacos e então reconheci, era a mesma marca que me deu uma alucinante ressaca. Você acredita que ela conhece minha vida mais do que Yasbeck? E Yasbeck foi quem mais teve ciúme de mim, até detetive punha me vigiando. Finge que não liga mas a pupila se dilata e transborda como tinta preta derramando no olho inteiro, eu já falei nesse olho? É nele que vejo a emoção. O ciúme. Fica intratável. Recusa a manta, a almofada e vai para o jardim, o apartamento fica no meio de um jardim que mandei plantar especialmente, uma selva em miniatura. Fica lá o dia inteiro, a noite inteira, amoitada na folhagem, posso morrer de chamar que não vem, o focinho molhado de orvalho ou de lágrimas.

Fiquei olhando para o pequeno círculo de água que seu copo deixou na mesa. Mas, Romana, não seria mais humano se a mandasse para o zoológico? Deixe que ela volte a ser bicho, acho cruel isso de lhe impor sua jaula, e se for mais feliz na outra? Você a escravizou. E acabou se escravizando, tinha que ser. Não vai lhe dar ao menos a liberdade de escolha? Com impaciência, Romana afundou a cenoura no sal. Lambeu-a. Liberdade é conforto, minha querida, Tigrela também sabe disso. Teve todo o conforto, como Yasbeck fez comigo até me descartar.

E agora você quer se descartar dela, eu disse. Em alguma mesa um homem começou a cantar aos gritos um trecho de ópera, mas depressa a voz submergiu nas risadas. Romana falava tão rapidamente que tive de interrompê-la, Mais devagar, não estou entendendo nada! Freou as palavras, mas logo recomeçou o galope desatinado, como se não lhe restasse muito tempo. Nossa briga mais violenta foi por causa dele, Yasbeck, você entende, aquela confusão de amor antigo que de repente reaparece, às vezes ele me telefona e então dormimos juntos, ela sabe perfeitamente o que está acontecendo. Ouviu a conversa. Quando voltei estava acordada, me esperando feito uma estátua diante da porta, está claro que disfarcei como pude, mas é esperta, farejou até sentir cheiro de homem em mim. Ficou uma fera. Acho que eu gostaria de ter um unicórnio, você sabe, aquele lindo cavalo alourado com um chifre cor-de-rosa na testa, vi na tapeçaria medieval, estava apaixonado pela princesa que lhe oferecia um espelho para que se olhasse. Mas onde está esse garçom? Garçom, por favor, pode me dizer as horas? E traga mais gelo! Imagine que ela passou dois dias sem comer, entigrada, prosseguiu Romana. Agora falava devagar, a voz pesada, uma palavra depois da outra com os pequenos cálculos se ajustando nos espaços vazios. Dois dias sem comer, arrastando pela casa o colar e a soberba. Estranhei, Yasbeck tinha ficado de telefonar e não telefonou, mandou um bilhete, O que aconteceu com seu telefone que está mudo? Fui ver e então encontrei o fio completamente moído, as marcas dos dentes em toda a extensão do plástico. Não disse nada mas senti que ela me observava por aquelas suas fendas que atravessam vidro, parede. Acho que naquele dia mesmo descobriu o que eu estava pensando, ficamos desconfiadas mas ainda assim, está me entendendo? Tinha tanto fervor...

Tinha? perguntei. Ela abriu as mãos na mesa e me enfrentou: Por que está me olhando assim? O que mais eu poderia fazer? Deve ter acordado às onze horas, é a hora que costuma acordar, gosta da noite. Ao invés de leite, enchi sua tigela de uísque e apaguei as luzes, no desespero enxerga melhor no escuro e hoje estava desesperada porque ouviu minha conversa, pensa que estou com ele agora. A porta do terraço está aberta, essa porta também ficou aberta outras noites e não aconteceu, mas nunca se sabe, é tão imprevisível, acrescentou com voz sumida. Limpou o sal dos dedos no guardanapo de papel. Já vou indo. Volto tremendo para o apartamento porque nunca sei se o porteiro vem ou não me avisar que de algum terraço se atirou uma jovem nua, com um colar de âmbar enrolado no pescoço.

Herbarium

Todas as manhãs eu pegava o cesto e me embrenhava no bosque, tremendo inteira de paixão quando descobria alguma folha rara. Era medrosa mas arriscava pés e mãos por entre espinhos, formigueiros e buracos de bichos (tatu? cobra?) procurando a folha mais difícil, aquela que ele examinaria demoradamente: a escolhida ia para o álbum de capa preta. Mais tarde faria parte do herbário, ele tinha em casa um herbário com quase duas mil espécies de plantas. "Você já viu um herbário?", ele quis saber.

Herbarium, ensinou-me logo no primeiro dia em que chegou ao sítio. Fiquei repetindo a palavra, *herbarium*. *Herbarium*. Disse ainda que gostar de botânica era gostar de latim, quase todo o reino vegetal tinha denominação latina. Eu detestava latim mas fui correndo desencavar a gramática cor de tijolo escondida na última prateleira da estante, decorei a frase que achei mais fácil e na primeira oportunidade apontei para a formiga-saúva subindo na parede: *formica bestiola est*. Ele ficou me olhando. A formiga é um inseto, apressei-me em traduzir. Então ele riu a risada mais gostosa de toda a temporada. Fiquei rindo também, confundida mas contente, ao menos achava alguma graça em mim.

Um vago primo botânico convalescendo de uma vaga doença. Que doença era essa que o fazia cambalear, esverdeado e úmido, quando subia rapidamente a escada ou quando andava mais tempo pela casa?

Deixei de roer as unhas, para espanto da minha mãe que já tinha feito ameaças de cortes de mesada ou proibição de festinhas no grêmio da cidade. Sem resultado. "Se eu contar, ninguém acredita", disse ela quando viu que eu esfregava para valer a pimenta vermelha nas pontas dos dedos. Fiz minha cara inocente: na véspera, ele me advertira que eu podia ser uma moça de mãos feias, "Ainda não pensou nisso?". Nunca tinha pensado antes, nunca me importei com as mãos, mas no instante em que ele fez a pergunta comecei a me importar. E se um dia elas fossem rejeitadas como as folhas defeituosas? Ou banais. Deixei de roer as unhas e deixei de mentir. Ou passei a mentir menos, mais de uma vez ele me falou no horror que tinha por tudo quanto cheirava a falsidade, escamoteação.

Estávamos sentados na varanda. Ele selecionava as folhas ainda pesadas de orvalho quando me perguntou se já tinha ouvido falar em folha persistente. Não? Alisava o tenro veludo de uma malva-maçã. A fisionomia ficou branda quando amassou a folha nos dedos e sentiu o seu perfume. As folhas persistentes duravam até mesmo três anos mas as cadentes amareleciam e se despregavam ao sopro do primeiro vento. Assim a mentira, folha cadente que podia parecer tão brilhante mas de vida breve. Quando o mentiroso olhava para trás, via no final de tudo uma árvore nua. Seca. Mas o ser verdadeiro, esse teria uma árvore farfalhante, cheia de passarinhos — e abriu as mãos para imitar o bater de folhas e asas. Fechei as minhas. Fechei a boca em brasa agora que os tocos das unhas (já crescidas) eram tentação e punição maior. Podia dizer-lhe que justamente por me achar assim apagada é que precisava me cobrir de mentira como se veste um manto fulgurante. Dizer-lhe que diante dele, mais do que diante dos outros, tinha de inventar e fantasiar para obrigá-lo a se demorar em mim como se demorava agora na verbena — será que não percebia essa coisa tão simples?

Chegou ao sítio com suas largas calças de flanela cinza e grosso suéter de lã tecida em trança, era inverno. E era noite. Minha mãe tinha queimado incenso (era sexta-feira) e preparou o Quarto do Corcunda, corria na família a história de um corcunda que se perdeu no bosque e minha bisavó instalou-o naquele quarto que era o mais quente da casa, não podia haver melhor lugar para um corcunda perdido ou para um primo convalescente.

Convalescente do quê? Qual doença tinha ele? Tia Marita, que era alegrinha e gostava de se pintar, respondeu rindo (falava rindo) que nossos chazinhos e bons ares faziam milagres. Tia Clotilde, embutida, reticente, deu aquela sua resposta que servia a qualquer tipo de pergunta: tudo na vida podia se alterar, menos o destino traçado na mão, ela sabia ler as mãos. "Vai dormir feito uma pedra", cochichou Tia Marita quando me pediu que lhe levasse o chá de tília. Encontrei-o recostado na poltrona, a manta de xadrez cobrindo-lhe as pernas. Aspirou o chá. E me olhou, "Quer ser minha assistente?", perguntou soprando a fumaça. "A insônia me pegou pelo pé, ando tão fora de forma, preciso que me ajude. A tarefa é colher folhas para a minha coleção, vai juntando o que bem entender que depois seleciono. Por enquanto, não posso me mexer muito, terá que ir sozinha", disse e desviou o olhar úmido para a folha que boiava na xícara. Suas mãos tremiam tanto que a xícara transbordou no pires. É o frio, pensei. Mas continuaram tremendo no dia seguinte que fez sol, amareladas como os esqueletos de ervas que eu catava no bosque e queimava na chama da vela. Mas o que ele tem? perguntei e minha mãe respondeu que mesmo que soubesse não diria, fazia parte de um tempo em que doença era assunto íntimo.

Eu mentia sempre, com ou sem motivo. Mentia principalmente à Tia Marita que era bastante tonta. Menos à minha mãe, porque tinha medo de Deus e menos ainda à Tia Clotilde que era meio feiticeira e sabia ver o avesso das pessoas. Aparecendo a ocasião, eu enveredava por caminhos os mais imprevistos, sem o menor cálculo de volta. Tudo ao acaso. Mas aos poucos, diante dele, minha mentira começou a ser dirigida, com um objetivo certo. Seria mais simples, por exemplo, dizer que colhi a bétula perto do córrego onde estava o espinheiro. Mas era preciso fazer render o instante em que se detinha em mim, ocupá-lo antes de ser posta de lado como as folhas sem interesse, amontoadas no cesto. Então ramificava os perigos, exagerava as dificuldades, inventava histórias que encompridavam a mentira. Até ser decepada com um rápido golpe de olhar, não com palavras, mas com o olhar ele fazia a hidra verde rolar emudecida enquanto minha cara se tingia de vermelho — o sangue da hidra.

"Agora você vai me contar direito como foi", ele pedia tranquilamente, tocando na minha cabeça. O olhar transparente. Reto. Queria a verdade. E a verdade era tão sem atrativos como a folha da roseira, expliquei-lhe isso mesmo, acho a verdade tão banal como esta folha. Ele me deu a lupa e abriu a folha na palma da mão: "Veja então de perto". Não olhei a folha, que me importava a folha? olhei sua pele ligeiramente úmida, branca como o papel com seu misterioso emaranhado de linhas, estourando aqui e ali em estrelas. Fui percorrendo as cristas e depressões, onde era o começo? Ou o fim? Demorei a lupa num terreno de linhas tão disciplinadas que por elas devia passar o arado, Ih! vontade de deitar minha cabeça nesse chão. Afastei a folha, queria ver apenas os caminhos. O que significa este cruzamento, perguntei e ele me puxou o cabelo: "Também você, menina?!".

Nas cartas do baralho Tia Clotilde já lhe desvendara o passado e o presente: "E mais desvendaria", acrescentou ele guardando a lupa no bolso do avental branco, às vezes vestia o avental. O que ela previu? Ora, tanta coisa. De mais importante, só isso, que no fim da semana viria uma amiga buscá-lo, uma moça muito bonita, podia ver até a cor do seu vestido de corte antiquado, verde-musgo. Os cabelos eram compridos, com reflexos de cobre, tão forte o reflexo na palma da mão!

Uma formiga vermelha entrou na greta do lajedo e lá se foi com seu pedaço de folha, veleiro desarvorado soprado pelo vento. Soprei eu também, a formiga é um inseto! gritei, as pernas flexionadas, pendentes os braços para diante e para trás no movimento do macaco, Hi hi! hu hu! hi hi! hu hu! é um inseto! um inseto! repeti rolando no chão. Ele ria e procurava me levantar, você se machuca, menina, cuidado! Cuidado! Fugi para o campo, os olhos desvairados de pimenta e sal, sal na boca, não, não vinha ninguém, tudo loucura, uma louca varrida essa tia, invenção dela, invenção pura, como podia?! Até a cor do vestido, verde-musgo? E os cabelos, uma louca, tão louca como a irmã de cara pintada feito uma palhaça, rindo e tecendo seus tapetinhos, centenas de tapetinhos pela casa, na cozinha, na privada, duas loucas! Lavei os olhos cegos de dor, lavei a boca pesada de lágrimas, os últimos fiapos de unha me queimando a língua, não! Não. Não existia ninguém de cabelo de cobre que no fim da semana ia aparecer para buscá-lo, ele não ia embora nunca mais. Nunca mais! repeti e minha mãe, que viera me chamar para o almoço, acabou se divertindo com a cara de diabo que fiz, disfarçava o medo fazendo caras de medo. E as pessoas se distraíam com essas caras e não pensavam mais em mim.

Quando lhe entreguei a folha de hera com formato de coração (um coração de nervuras trementes se abrindo em leque até as bordas verde-azuladas) ele beijou a folha e levou-a ao peito. Espetou-a na malha do suéter: "Esta vai ser guardada aqui". Mas não me olhou nem mesmo quando saí tropeçando no cesto. Corri até a figueira, posto de observação onde podia ver sem ser vista. Através do rendilhado de ferro do corrimão da escada, ele me pareceu menos pálido.

A pele mais seca e mais firme a mão que segurava a lupa sobre a lâmina do espinho-do-brejo. Estava se recuperando, não estava? Abracei o tronco da figueira e pela primeira vez senti que abraçava Deus.

No sábado levantei mais cedo. O sol forcejava a névoa, o dia seria azul quando ele conseguisse rompê-la. "Aonde você vai com esse vestido de maria-mijona?", perguntou minha mãe me dando a xícara de café com leite. "Por que desmanchou a barra?" Desviei sua atenção para a cobra que inventei ter visto no terreiro, toda preta com listras vermelhas, seria uma coral? Quando ela correu com a tia para ver, peguei o cesto e entrei no bosque. Como explicar-lhe que descera todas as barras das saias para esconder minhas pernas finas, cheias de marcas de picadas de mosquitos? Numa alegria desatinada fui colhendo as folhas, mordi goiabas verdes, atirei pedras nas árvores, espantando os passarinhos que cochichavam seus sonhos, me machucando de contente por entre a galharia. Corri até o córrego. Alcancei uma borboleta e prendendo-a pelas pontas das asas deixei-a na corola de uma flor, Te solto no meio do mel, gritei-lhe. O que vou receber em troca? Quando perdi o fôlego, tombei de costas nas ervas do chão. Fiquei rindo para o céu de névoa atrás da malha apertada dos ramos. Virei de bruços e esmigalhei nos dedos os cogumelos tão macios que minha boca começou a se encher d'água. Fui avançando de rastros até o pequeno vale de sombra debaixo da pedra. Ali era mais frio e maiores os cogumelos pingando um líquido viscoso dos seus chapéus inchados. Salvei uma abelhinha das mandíbulas de uma aranha, permiti que a saúva gigante arrebatasse a aranha e a levasse na cabeça como uma trouxa de roupa esperneando, mas recuei quando apareceu o besouro de lábio leporino. Por um instante me vi refletida em seus olhos facetados. Fez meia-volta e se escondeu no fundo da fresta. Levantei a pedra: o besouro tinha desaparecido, mas no tufo raso vi uma folha que nunca encontrara antes, única. Solitária. Mas que folha era aquela? Tinha a forma aguda de uma foice, o verde do dorso com pintas vermelhas irregulares como pingos de sangue. Uma pequena foice ensanguentada — foi no que se transformou o besouro? Escondi a folha no bolso, peça principal de um jogo confuso. Essa eu não juntaria às outras folhas, essa tinha que ficar comigo, segredo que não podia ser visto. Nem tocado. Tia Clotilde previa os destinos mas eu podia modificá-los, assim, assim!, e desfiz na sola do sapato o ninho de cupins que se armava debaixo da amendoeira. Fui andando solene porque no bolso onde levara o amor levava agora a morte.

Tia Marita veio ao meu encontro, mais aflita e gaguejante do que de costume. Antes de falar já começou a rir: "Acho que vamos perder nosso botânico, sabe quem chegou? A amiga, a mesma moça que Clotilde viu na mão dele, lembra? Os dois vão embora no trem da tarde, ela é linda como os amores, bem que Clotilde viu uma moça igualzinha, estou toda arrepiada, olha aí, me pergunto como a mana adivinha uma coisa dessas!".

Deixei na escada os sapatos pesados de barro. Larguei o cesto. Tia Marita me enlaçou pela cintura enquanto se esforçava para lembrar o nome da recém-chegada, um nome de flor, como era mesmo? Fez uma pausa para estranhar minha cara branca, e esse brancor de repente? Respondi que voltara correndo, a boca estava seca e o coração fazia um tum-tum tão alto, ela não estava ouvindo? Encostou o ouvido no meu peito e riu se sacudindo inteira, quando tinha minha idade pensa que também não vivia assim aos pulos?

Fui me aproximando da janela. Através do vidro (poderoso como a lupa) vi os dois. Ela sentada com o álbum provisório de folhas no colo. Ele um pouco atrás da cadeira, acariciando-lhe o pescoço e seu olhar era o mesmo que tinha para as folhas escolhidas, a mesma leveza de dedos indo e vindo no veludo da malva-maçã. O vestido não era verde mas os cabelos soltos tinham o reflexo de cobre que transparecera na mão. Quando me viu, veio até a varanda no seu andar calmo. Mas vacilou quando disse que esse era o nosso último cesto, por acaso não tinham me avisado? O chamado era urgente, teriam que voltar nessa tarde. Sentia muito perder tão devotada ajudante, mas um dia, quem sabe?... Precisaria agora perguntar à Tia Clotilde em que linha do destino aconteciam os reencontros.

Estendi-lhe o cesto mas ao invés de segurar o cesto, segurou meu pulso: eu estava escondendo alguma coisa, não estava? O que estava escondendo, o quê? Tentei me livrar fugindo para os lados, aos arrancos, não estou escondendo nada, me larga! Ele me soltou mas continuou ali, sem tirar os olhos de mim. Encolhi quando me tocou no braço: "E o nosso trato de só dizer a verdade? Hem? Esqueceu nosso trato?", perguntou baixinho.

Enfiei a mão no bolso e apertei a folha, intacta a umidade pegajosa da ponta aguda, onde se concentravam as nódoas vermelhas. Ele esperava. Eu quis então arrancar a toalha de crochê da mesinha, cobrir com ela a cabeça e fazer micagens, hi hi! hu hu! até vê-lo rir pelos buracos da malha, quis pular da escada e sair correndo em zigue-zague até o córrego, me vi atirando a foice na água, que sumisse na correnteza! Fui levantando a cabeça. Ele continuava esperando, e então? No fundo da sala a moça também esperava numa névoa de ouro, tinha rompido o sol. Encarei-o pela última vez, sem remorso, quer mesmo? Entreguei-lhe a folha.

A Sauna

Eucalipto — era esse, sim, era esse o perfume de Rosa e do seu mundo de infusões de plantas silvestres, filtros verdolengos e boiões de vidro estagnados nas prateleiras. Esse o perfume verde-úmido que senti quando se debruçou na janela para posar. Tinha chovido e um vapor morno subiu do jardim com o sol. É o primeiro retrato que faço, preciso acertar, avisei e ela se retraiu na janela. Então beijei-lhe a testa, Vamos, relaxa, não pense no que eu disse mas pense nesta laranja que você vai segurar, assim, pode falar se quiser mas não se mexa, quietinha segurando a laranja. Quando esbocei o oval do seu rosto, estava tão séria que parecia posar para uma foto frente-perfil datada. Rosa Retratada, eu disse e ela aproveitou o sorriso para molhar os lábios com a ponta da língua. Continuaram sem brilho os lábios anêmicos. Minha Rosa Anêmica, você precisa parar com essas verduras, coma bifes sangrentos, você precisa de carne! O melhor retrato que já fiz. Mas o que foi feito dele? perguntou Marina. Deve estar com ela, respondi. Por onde andam o modelo e o retrato é o que eu gostaria de saber, não foi há mais de trinta anos?

— Tempo à beça!

O funcionário de avental branco achou que eu estivesse me referindo ao tempo de duração da sauna e quis me tranquilizar, que eu poderia sair antes se quisesse.

— Não é nada não. Estava só pensando.

— É a primeira vez que o senhor vem aqui? — perguntou tirando do armário um roupão branco. Colocou em cima os chinelos de plástico. — Temos alguns artistas na nossa lista de clientes, a maior parte faz massagem. O senhor não quer fazer uma massagem?

— Só sauna.

— Diz que em Tóquio esses institutos são servidos por meninas lindas de morrer que fazem tudo com a gente. Aqui também se encontra esse gênero, mas no Oriente é outra coisa. O senhor conhece Tóquio?

O tecido felpudo do roupão está morno. A música. E o perfume de eucalipto mais forte. Tiro o lenço e enxugo a testa. Afrouxo o colarinho. Ser simpático é retribuir-lhe o sorriso de Tóquio, é fácil ser simpático. E difícil, já começa a ficar bastante difícil a simpatia para este simpático pintor da moda. Não da primeira linha, mas a burguesia média em ascensão pensa que é da primeira e compra o que eu assinar. Mas enriqueci, não enriqueci? Não era isso o que eu queria, merda! Então não se queixe, tudo bem, qual é o problema?! Vou seguindo submisso o avental branco, em lugares como este fico de uma submissão absoluta. As solas dos seus sapatos de borracha vão se colando à passadeira de oleado verde.

— O senhor está com seu peso normal?

No Inferno deve ter um círculo a mais, o dos perguntadores fazendo suas perguntinhas, seu nome? sua idade? massagem ou ducha? fogueira ou forca? — sem parar. Sem parar. Marina também já fez muita pergunta mas agora deu de ficar me olhando. Tempo de perguntar e tempo de olhar e esse olhar soma, subtrai e soma de novo, ela é excelente em contas. A revolução das mulheres devia aproveitá-la para a contabilidade. Mas parece que lá no Inferno o sistema é de entrevista. Perguntas. Num certo período perguntou tanto sobre Rosa, ficou tão fixada, uma curiosidade tamanha por nós dois. Teve um domingo que me obrigou a lhe mostrar a casa, queria ver a casa, o jardim, Quero ver a janela onde ela posou para o retrato! Onde era a casa tinham construído um edifício sombrio, de terraços estreitos, com roupas dependuradas nos varais. Pronto, era aí, eu disse. E se me veio um certo alívio (passou, passou) tive a sensação meio angustiante de que alguma coisa me fora tirada, o quê? Como se a casa guardasse o período daquelas primeiras aspirações, tanta energia, planos, enquanto vivesse a casa esse passado estaria intacto: Rosa Laboriosa fabricando perfumes e molduras, todos os projetos ainda por fazer, meu fervor, minha sede de reconhecimento, vinte anos? Tantas as veredas ali à espera. Este caminho? Aquele? O edifício na minha frente era a resposta cor de pó com seus sulcos de goteiras e escarros. Quis me arrancar dali mas Marina me reteve, vê lá se posso fugir fácil assim dessa sua mania de ficar desparafusando o que deve ficar parafusado, Olha aí, querida, era mesmo o que você queria ver? Não tem mais casa, nem retrato, nem Rosa — está satisfeita? Ela acendeu um cigarro, sinal de que estava disposta a conversar, acho que o que fica mesmo de um longo casamento é a gente saber quando o outro quer falar ou ficar quieto. Também acendi o meu cigarro e esperei. Quer dizer que Rosa vendeu a casa para você poder viajar? Pergunta-afirmação, Marina é perita nesse tipo de pergunta. Mas eu tinha acabado de receber meu prêmio de viagem, se esqueceu do prêmio? Não tinha esquecido, mas se lembrava que num dos nossos primeiros encontros em Paris, quando eu disse que pretendia ficar algum tempo além do prêmio, acrescentei também que ia receber um dinheiro aí de uma casa que estava sendo vendida, mas não era essa a casa? E não era esse o dinheiro que Rosa ia me mandar? Moça sagaz essa Marina, quando nos casamos eu não fazia ideia de que fosse tão sagaz assim. E que tivesse essa memória, acho que falei demais, se me casasse de novo só abriria a boca para pedir o saleiro. No segundo andar do edifício tinha uma toalha amarela secando no varal. E fraldas, uma quantidade enorme de fraldas. Ou panos de prato? Você acha que aquilo lá é pano de prato? perguntei apontando o terraço desfraldado. Ela atirou o cigarro pela janela e olhou: fraldas. Liguei o rádio no painel do carro que se iluminou para a voz que vinha de rastros, *Ne me quitte pas! ne me quitte pas!*... Ouvir isso assim cantado enternecia, dava vontade de ficar. Mas ouvir *não me deixes* sem música! Rosa não pediu, mas pensou. Desliguei o rádio. Com essa sua memória de computador, Marina — comecei devagar —, com esse poderoso arquivo espero que não se esqueça de que Rosa estava grávida quando embarquei, não contei esse detalhe em Paris, contei mais tarde, lembra agora? Sim, claro, e lembra ainda que não tínhamos o dinheiro para o aborto, um pequeno pormenor, não tínhamos dinheiro, minha querida, eu não conseguia vender nenhum quadro, Rosa tinha deixado o emprego na farmácia, restou só uma casa com jardim, mas a gente não pode comer um jardim, não pode fazer o aborto num jardim, pode? repeti segurando-a pelo pulso com força, gostávamos desse gênero de brincadeira que podia acabar num nariz escorrendo sangue. Ela se desvencilhou, Está me machucando, seu bruto! Beijei-lhe o pulso. Abrandei a voz: Eu quis vender minha passagem e dar-lhe o dinheiro para o médico mas Rosa não aceitou, já contei isso, não contei? Ela acreditava em mim, ela me amava. Sabia o quanto era importante para a minha carreira essa oportunidade de fazer um curso na Europa, conhecer gente, fazer contatos. Insistiu em vender a casa que agora estava grande demais, o tio no sanatório e eu longe, sem ideia do tempo que ia ficar por lá, de que adiantava uma casa grande assim? E a gravidez adiantada e o médico exigindo adiantado, tinha outra solução? Já sei, aborto não era problema para você, uma pequena usineira flanando pelo mundo. Hoje pode parecer ridículo à dona Marina um amor tão pobre como foi esse. Mas foi assim. Agora tudo ficou simples, como líder libertadora você sabe que suas irmãzinhas dispõem de pílulas, creches, psicólogas, pelo menos é o que reivindicam nos discursos. Mas naquele tempo, já esqueceu? não tinha nem pílula nem nada. E se ela insistiu em mandar o cheque depois do maldito aborto foi porque queria que eu aproveitasse o prêmio, tinha fé no meu trabalho como nunca ninguém teve. Frisei esse *ninguém* com tanta eloquência e não adiantou, Marina já não prestava a menor atenção em mim. Tirou o pente, penteou-se. Procurou me ver através do espelhinho do carro: Ela trabalhava numa farmácia, não trabalhava? Farmácia de homeopatia, você disse, aquelas coisas. Ganhava bem, era independente, sustentava até o tio mudo, não sustentava? Então você apareceu e foi morar com ela. Internaram o tio no asilo porque você precisava de mais espaço para montar seu ateliê. Rosa deixou o emprego porque você precisava de alguém para montar suas molduras, não foi? Espera, deixa eu falar, naturalmente você começou a fazer sucesso, prêmios, exposições e justo justo nesta hora aconteceu a *maldita* gravidez que iria se somar aos gastos da viagem. Lógico, vender a casa. Quer dizer, ela ficou sem a casa, sem o emprego, sem o nenê e sem você que já estava de partida. Ah, ia-me esquecendo, e sem o velho tio que apesar de mudo, parece que era uma boa companhia, ao menos podia ouvir. Tudo somado, pode-se concluir que a sua aparição não foi um bom negócio. Mas não se pode falar em termos de negócio, você a amava e quando se ama — acrescentou ela tirando um tablete de chocolate do porta-luvas. Mastigou pensativa: Ainda uma coisa, conhecendo minhas irmãzinhas como conheço, vou além, querido. Vou além. Acho que o sonho da sua Rosa era ter esse filho, te amava e mulher assim apaixonada logo pensa em filho, é na primeira coisa que pensa aos vinte anos, um filho. Nunca se casaram, já sei, vi nos seus papéis, meu marido não é um bígamo. Mas o fato de não ter casado não significa que ela não quisesse (fez uma pausa para examinar a unha lascada no porta-luvas) esse casamento, um monte de filhos, tudo direitinho. Não era seu esquema esse, querido, ela sabia perfeitamente e só se adaptou para não te perder. Para não te perder. Ficaria muito espantada se soubesse que a ideia do aborto foi dela, foi mesmo dela? perguntou e voltou-se para o céu, num arroubo. Olha que tarde! Um azul tão azul, vamos até a chácara? Desviei a cara porque senti que estava escurecendo de ódio. Agora ia satisfeita, reconfortada com a certeza de que eu seguiria minhocando, envenenado. Sozinho. É que já tinha acabado o amor, eu disse calmo. Entrávamos pelos portões da chácara. Que amor? perguntou ela com a candura do caseiro se o caseiro da chácara tivesse me ouvido.

— O senhor não gostaria de tomar um café? Foi feito há pouco.

O funcionário da sauna aponta para um preto também de avental que vem vindo com a bandeja. Tiro o paletó, deixo-o na cadeira e o funcionário vem todo solícito me livrar do roupão dobrado com os chinelos em cima. Tenho a impressão de que carrego esse roupão há horas. Há anos. Aceito o café para descobrir no primeiro gole que não quero café, queria entrar nessa maldita sauna e acabar com isso — por que fui inventar? Viro a xícara até aparecer a poeira preta da borra acumulada no fundo me engrossando a língua. Devolvo a xícara e agradeço, Estava ótimo! O perfume de eucalipto vem em ondas cálidas. Afrouxo novamente o colarinho e me dirijo ao grande recipiente de vidro com sua água mineral verde-azul. Mas o funcionário está atento, ele se adianta na minha frente.

— Só uns goles, se não se importa.

Não me importo. Fico vendo a água subir em bolha silenciosa antes de escorrer no copo de papel. Marina quer que eu me sinta um egoísta. Um interesseiro, um egoísta. É preciso se conhecer, enfrentar sua verdade, repetiu várias vezes nas nossas discussões. Ficou cheia de ideias, a pequena Marina, mudou bastante, ih, como mudou! Líder feminista. Dirige com outras delirantes um jornal, criam núcleos. Todas conscientizadas, muito interessante. Ela e o bando, as caras despojadas de sábias do Sião falando às criancinhas. Bastante esclarecidas as moças. E Marina na frente, até meu passado lá longe resolveu esclarecer. Libertação. Depois ficam aí se matando ou endoidando. Amasso o copo. Umas perfeitas tontas. Faço pontaria no cesto mas erro o alvo. Fazendo polêmica com suas teorias espetaculosas, ora, assumir. Assumir o quê? Rosa precisava era de um homem, como todas, até as lésbicas que morrem enroladas no pai. Está bem, falhei. Espero que Rosa tenha arranjado outro — um apoio, não é o que queria? O que todas querem? Rosa Homeopata. Rosa Frágil. Os olhos eram duas folhinhas de eucalipto — foi como os desenhei no retrato, só descobri que eram bonitos quando comecei a pintá-los. Às vezes Marina repete a pergunta, Mas onde anda esse retrato? E mais de uma vez (adoraria me pegar em contradição) repeti que dei o quadro à Rosa, deve estar dependurado na sua sala de visitas, as visitas que chegam ao sábado para o pôquer, casais do quarteirão com intimidade suficiente para abrir a geladeira e emborcar sua latinha de cerveja. O mais entendido de todos, que assiste na tevê ao programa de artes plásticas, fica admirando o retrato. E faz sua avaliação que sobe atualizada na medida em que o dólar sobe, Esse retrato está valendo hoje uma pequena fortuna, sem dúvida, um dos melhores quadros dele. Nessa época ele ainda não estava comercializado, começo de carreira, não? pergunta mascando o palito de fósforo que leva ágil de um canto para outro da boca, a mulher já avisou que mascar palito dá ferida mas ele não perde o costume. Os outros convidados ficam ouvindo com o respeito com que ouvem o guia das excursões a Buenos Aires. Ah, e a nova casa da Rosa (Marina me observando e sorrindo) então não havia de ter o mesmo espírito da outra? O perfume de eucalipto escapando dos vidros de água-de-colônia envelhecendo no porão, ela achava que os perfumes deviam dormir algum tempo, como os vinhos. Os móveis simples. Os grandes potes de avenca. As samambaias. Um abrigo para o carro no lado direito do pequeno jardim, deve haver um carro sob o toldo de lona, o dentista precisa de carro. Mas ela se casou com um dentista? interrompe Marina que já não está mais sorrindo. É a minha hora de achar graça: Sei lá, suponho que é dentista, tinha um que ela frequentava quando a gente vivia junto, um amiguinho da família com consultório no bairro. Por acaso era com ele que eu tratava dos dentes? quis saber Marina. Com esse dentista. Não, eu ia num outro, na cidade, respondi sabendo muito bem aonde ela queria chegar quando me olhou, os lábios delgados um pouco contraídos. Reparo que seus lábios estão mais finos ultimamente, o que lhe dá uma expressão fria. Resultado da plástica que lhe aguçou o perfil, é isso? Mas que original. Então uma feminista assim fanática não vai *assumir* a velhice feminina? Não vai declarar seus cinquenta anos? Queria muito ver esse retrato — ela disse voltando a ler sua tese, está sempre às voltas com teses, entesada na própria ou na de alguma intelectual do núcleo, ô! a solidão. A solidão que vem e me toma no seu bico e me larga em seguida, despenco sem ter onde me segurar, nada, ninguém! No começo ela se interessava pelo meu trabalho. Depois foi se distanciando cada vez mais. Mais. Está bem, pulei a cerca desde Paris e ela soube (a traição apodrece o amor, me disse), mas não é ridículo? Querer que eu contasse a verdade toda vez que me deitei com alguém, que eu chegasse e dissesse, Olha, querida, estou vindo do apartamento de Carla, ouvimos disco, bebemos e trepamos das três às seis. Estou sendo franco e por isso não foi uma traição, traição é o que se esconde e eu fiz às claras, você tem que me aceitar e se deitar neste instante comigo se neste instante eu tiver vontade de deitar com você — era assim que eu devia agir para não *poluir* nosso amor? Camuflei como pude (a gente pode tão mal), menti até à saturação. Perdi. Mas se tivesse sido *verdadeiro*, o resultado do jogo seria outro? Quer que me analise, me concentre. Que me conheça em profundidade, sem mistificação, sem mentira. Se conseguir isso, afirma, poderia então voltar a pintar como no começo. Mas se não faço outra coisa, porra! Isso de ficar me parafusando. Adianta? Tem dias em que me sinto perfeito, outros dias, uma bela merda: nos dois estados não consigo trabalhar. Preciso não me sentir nem eufórico nem deprimido, estar assim, normal. Mediocremente profissional. Daí faço um quadro atrás do outro. Perdi o fervor, Marina, é isso. Perdi o fervor. Muita técnica. Muitos compradores, os compradores compram tudo, quem falou em crise? Mas é diferente, eu sei. Você sabe também e me despreza, fiz todas as concessões. Todos os arreglos. Acabei rico. E é nesse ponto que quero chegar, já não preciso do sovina do seu pai, já precisei mas agora não preciso mais, fiquem aí sacudindo seu dinheiro que eu sacudo o meu, *Quem quer casar com dona Baratinha que tem dinheiro na caixinha?* minha mãe cantarolava fazendo voz aflautada, como devia ser a voz da barata que achou uma moeda na fresta do assoalho. *Minha mãe era a verdade.* Você não quer a verdade, só a verdade, nada além da verdade? Pois minha mãe existiu com seu vestido de andorinhas num fundo azul-noite. Também é verdade que era delicada e que morreu cedo. Mas, meu pai? Professor? Não, ele não era professor, querida, nem foi baleado por causa de política, era um simples tira que vivia torturando os presos, enquanto torturou pé de chinelo, tudo bem, mas se meteu com presos políticos, insistiu no método de arrancar confissões e dentes com alicate e acabou sequestrado e moído de pancadas, reconheceram o cadáver devido a um anelzinho de pedra vermelha que usava no dedo. Teve o que merecia, disse minha irmã, a mocinha de cabelos cor de mel repartidos bem no meio, como as santas, sobre o cabelo não menti mas menti quando disse que ela morreu afogada quando o barco virou, sempre achei lindo isso das mocinhas morrerem afogadas, como Ofélia, os cabelos se enredando nas ervas, carreguei na descrição propositadamente, uma sugestão de Shakespeare ajuda no cotidiano. Afogada. Afogou-se, sim, mas foi no puteiro lá da divisa do

Paraguai, fugiu com um campeão de caratê e um dia vieram me contar em voz baixa, com discrição (essas notícias exigem respeito), que minha irmã tinha sido vista na casa de uma cafetina instalada na fronteira, uma mulata chamada Albina, Malvina, um nome assim. Ela e a colega já estavam com o pé na estrada depois de uma briga com faca num baile de Carnaval. Mas minha mãe era verdadeira com seu vestido azul-noite e sua delicadeza. Aceita minha mãe, Marina? Serve minha mãe? pensei perguntar enquanto me aquecia na lareira, fazia muito frio em Campos do Jordão, lá frequentemente é frio e o frio estimula a memória. Então me aproximei do fogo até sentir a cara esbraseada. Por que não me deixa em paz? tive vontade de gritar. Aqueci o conhaque no fundo do copo. Mas será que eu quero mesmo ficar em paz?

— O sabonete — diz o funcionário me entregando um pequeno sabonete verde. — E a chave do seu armário. Quer me acompanhar, por favor?

O sabonete com perfume de eucalipto. Enfio o sabonete e a chave dentro do chinelo que se desequilibra e quase despenca do alto do roupão embolado: vou empilhando os objetos que recebo como os sentenciados do cinema no primeiro dia de presídio. A música nostálgica (não está mais alta?), também de cinema, reconheço-a, é antiquíssima, ouvimos isso juntos, não ouvimos? Hem, Rosa? Eu trabalhava no retrato, mas já entardecia, mais dez minutos e saímos em seguida, tem aí uma fita que eu gostaria de ver, convidei e ela aceitou mas não se mexeu, os cotovelos apoiados na janela, o olhar verde-água colado em mim, às vezes eu me escondia atrás do jornal, do livro, da tela, sempre atrás da tela e ainda assim, atrás do muro, me sentia observado. Sua face foi se integrando na folhagem, escurecia rápido. Peguei o tubo verde e fui espremendo até o fim, quis tudo verde-folha, a janela, o vestido, também eu sufocado numa alegria espessa como a tinta que só foi amadurecer na laranja que ela segurava com a maior gravidade, Eu te amo, Rosa, está ouvindo? Eu te amo! gritei porque o retrato estava ficando como eu queria, antes de fazer todos os outros que fiz já estava sabendo que esse seria o melhor. Comecei a rir. Ela segurava a laranja com o ar responsável do Menino Jesus de capa de cetim e coroa dourada, segurando na mão direita o cetro e na esquerda o globo estrelado. Minha mãe pregou esse quadro na cabeceira da minha cama, Olha, reza toda noite pra Ele não se distrair e deixar cair o mundo!

— Sabe o nome dessa música? — pergunto ao funcionário.

Ele vai buscar debaixo da cadeira o sabonete que escorregou da minha pilha. Devolve-me a chave que caiu junto.

— Desconfio que é de um filme antigo. As músicas antigas tinham outro gabarito, o senhor não acha?

Guardo o sabonete no bolso. Meu ódio por palavras como *gabarito* ou *válido* chega a ser um ódio físico. As palavras da moda. As pessoas da moda. Depois, vão-se gastando e sendo substituídas, tenho ouvido menos *ilação, conotação,* eu também estou na moda. Ou estive.

O espaçoso vestiário metálico converge para um espelho de moldura branca tomando toda a parede do fundo. Conforto e ordem para os clientes aparentemente em ordem — penso e me desvio do homenzinho repleto que passa por mim com a solenidade de um César romano no seu chambre, a toalha enrolada no braço num panejamento de túnica. Procuro o número do meu armário. A trilha sonora, posso assobiar junto. E faz sucesso até hoje, fita e música, uma *love story* da época, Rosa ficou lavada em lágrimas, porque a bomba acertou em cheio no correspondente de guerra apaixonado pela médica eurasiana. Tudo besteira, eu cochichei e Rosa me apertou o braço, que eu calasse o bico, o pedaço agora era tristíssimo, a moça subia na colina onde sempre se encontravam e fazia aquela cara sublime diante da miragem do amado com a música sublime subindo a todo o pano porque o amor, entende?, o verdadeiro amor!... Rosa Manhosa, eu disse quando saímos do cinema, dando-lhe o lenço e a mão porque estava se sentindo a própria eurasiana prestes a me perder de novo. Levou-me a um restaurante vegetariano. Mas isto não é comida, protestei e ela sorriu e encomendou a salada. Rosa Leguminosa. Temperava meus bifes quase sem olhar para a carne desde que viu um boi indo para o matadouro. Falava pouco mas foi minuciosa na descrição que fez do sofrimento do boi estampado no olho saltado assim que sentiu o cheiro de sangue. Fincou as patas no chão, resistiu. Depois, num cansaço, deixou-se levar de cabeça baixa. Mas eu também vi os bois seguindo em fila no corredor estreito, e daí? perguntei-lhe. Também vi o olho arregalado, em pânico. Esse olho. Não queria me lembrar e agora lembro, o tio de Rosa, o mudo. Ele me olhou assim intenso na madrugada da internação.

— Como está quente — eu disse desabotoando a camisa.

O funcionário teve seu sorriso melífluo e me ofereceu um cabide para o paletó.

— É a pré-sauna.

Ele lidava com suas plantas, esse tio mudo. Quando Rosa aproximou-se, endireitou o corpo (estava de joelhos) e lhe mostrou uma raiz morta que acabara de desencavar. Ela ajoelhou-se ao seu lado, acariciou-lhe os cabelos ralos. Limpou um pouco do barro seco que respingara em sua barba grisalha e entrelaçou as mãos nos joelhos. Estava pálida quando começou dizendo que ele devia ser internado para um tratamento, o lugar era muito bom, tinha árvores, flores. Você vai gostar, tio. Ele ouviu e fez que sim com a cabeça, fez que sim. Eu espiava da janela e quis me afastar da cena da sobrinha sentimental, explicando ao tio velho que nossa casa não era o lugar ideal para um velho mudo com mania de plantas. Fiquei. Entre os dois, o instante de imobilidade e silêncio, ela olhando para a terra. Ele olhando para a terra onde estavam ajoelhados. Depois ele fechou os dedos em redor da raiz que ainda segurava e dedos e raiz, ficou tudo uma coisa só. Tinha as unhas pretas, a terra era quase preta. As unhas de Rosa eram limpíssimas, mas às vezes guardavam traços da terra que vinha em meio das suas experiências. Unhas fracas. Dentes fracos. E você permitiu que ela se tratasse com o amigo do bairro que nem formado era, estranhou Marina. E agora já nem sei se foi Marina ou se sou eu que pensa nisso, tanta pergunta que começo a me misturar com as dela. Marina, meu juiz. Vou respondendo: Exatamente, Rosa era magrinha como um galho daquela planta que agora esqueci o nome, tinha no nosso quintal várias prateleiras só com esses potes de folhinhas tremen-tes se estendendo nervosas para o lado da sombra. Ficam mais viçosas quando cuidadas por freira, Rosa me contou e agora lembro: avenca. Marina interessou-se (seu interes-se por Rosa é permanente) e quis saber, Por que freira? Lá sei, em geral as freiras são virgens e virgem tem poderes, as raízes reconhecem as mãos himenizadas e agradecem, fortalecidas na aura de castidade. Rosa Mística não tinha imagens em casa, as plantas eram suas imagens: o tufo das violetas era Santa Teresinha. O eucalipto magrinho, São Francisco de Assis. O ipê-roxo já nem lembro que santo era — tudo assim dentro de um ritual, de uma aura, ela via uma aura se irradiar das plantas, brilhante se as plantas es-tavam saudáveis. Aura mortiça se estavam doentes ou iam morrer, como acontece com a gente, igualzinho. Os bichos mais evoluídos e algumas pessoas (os videntes) conseguem ver essa aura, Rosa achava que o tio era vidente. Marina me atalhou, rápida: Esse tio era meio louco ou apenas velho? Achei mais simples não resistir. Chega a ser aterrorizan-te esse prazer de me entregar, deuses e gentes, pensem o que bem entenderem que estou me lixando com seus jul-gamentos. Apenas velho, respondi. Implicou comigo, achei que queria me matar e a maneira que descobri para me ver livre dele foi essa, o asilo. O curioso é que quando me en-trego, Marina se desinteressa e passa para outro assunto, queria saber mais sobre as avencas: por acaso não ficaram debilitadas com a minha chegada? A Rosa não era virgem? Um ponto que a impressionou foi esse, o fato de uma moça com mais de vinte anos, independente, com cursos e ainda virgem. Lembrei-lhe que naquele tempo usava as moças pobres se guardarem, as ricas podiam ter seus amiguinhos e se casar sem problemas, mas Rosa Preconceituosa era da pequena burguesia. E do reino vegetal, as virgens vegetais ultrapassam as de outros reinos, a primeira vez foi tão difícil, Marina, mas tão difícil que precisei sair de madrugada e não encontrava farmácia aberta. Andei feito doido quase uma hora, fazia um frio cão. Quando voltei, ela tomava tranquilamente um daqueles seus chazinhos de ervas, me ofereceu uma xícara. Rosa Encadeada! chamei e ela riu mas depois chorou, eu não conseguia esconder minha irritação. A pobrezinha, disse Marina. Fiquei pensando, por que não se enternece comigo? Por que nunca se enterneceu comigo? Minha mãe teria ficado com pena de mim e não de Rosa, era para o meu lado que sempre inclinava a cabeça. Mas Marina não é minha mãe nem mãe de ninguém, não tivemos filhos. Seria por isso que ficou assim dura? Mas as amigas com filhos também são do mesmo tipo, agressivas, irônicas. Vai ver, é esse movimento cretino que está cretinizando o mulherio. Não querem machos e viram machonas, ô! onde estão as mulheres-gueixas? O funcionário aí disse que em Tóquio. Nós não sustentamos sempre vocês? Arrumar emprego é se mudar para a rua, merda. É ter enfarto que nem nós, é dizer palavrão — mas é isso que vocês querem? Marido, filho, casamento, tudo atirado às traças. O importante agora é a *irmã*. Antes, nossas empregadas podiam beber querosene e Marina no cabeleireiro, no desfile de alguma bicha, a empregada está morrendo, Marina! E ela mandava o motorista levar flores. Agora mudou tudo, se preocupa, se responsabiliza, se questiona. Adotou aí uma pequena puta que adora ser puta, assim que olhei para a adotada, pensei, vigarice pura. Mas o núcleo decidiu que deve orientá-la, educá-la, diz que é uma vítima do sistema — e olha aí outra palavra no auge, *sistema*. Adotou uma modelo que adora posar nua, se amanhã se casar com o rei da soja, vai continuar posando nua porque simplesmente gosta de mostrar o rabo. Direito dela, tudo bem, mas o que não entendo é ficar fazendo depois aquelas caras de mulher-objeto miseravelmente explorada. Mulher-objeto. E o que tem ser objeto? Se é um objeto útil, não estaria cumprindo sua função? O caso da prima, esse então é de chorar de rir. A prima fazendeira sempre foi infeliz com o marido, nenhum problema, iam se aguentando. Depois da orientação grupal, separou-se e está agora mais infeliz ainda porque de infeliz rica passou a ser infeliz pobre. Ela vai se equilibrar, Marina diz com tamanha segurança que dá gosto ouvir. Confia em todos, menos em mim. Se comove com a primeira que vem contar sua historinha, se comoveu com Rosa, até com Rosa, nenhum ciúme póstumo, mas ternura, admiração, sei lá. Aquela noite, por exemplo. Eu me sentindo estuprado numa luta que de prazer ficou sendo de resistência, desafio, meu vexame na farmácia, as coisas que pedi às três da madrugada para que o homem não desconfiasse, escova de dente, talco, sabonete. Ah, ia-me esquecendo, o senhor tem vaselina pura? Ele então sorriu. Marina também, mas o sorriso de Marina foi pouco espontâneo, já não acha tanta graça em mim.

Guardo a roupa no armário. Calço os chinelos. Antes de vestir o roupão enfrento o espelho inteiro e nu. Ainda em forma, por que não? E o meu golfe? Meu tênis, porra. Talvez um pouco de estômago. Pego a dobra com dois dedos, está aqui o excesso. Encolho a barriga e viro de perfil até ver meu queixo duplo com o rabo do olho. Olho tem rabo? perguntei à minha mãe e ela me beijou, Seu bobinho, seu bobinho! Rosa fazia um pouco a minha mãe. Tínhamos quase a mesma idade, mas me sentia como um casulo dentro do seu amor, eu disse à Marina quando entramos no Café Saint-André-des-Arts. Até o último dia da minha viagem Rosa corria eficientíssima com seu casaco preto e seu enjoo, já começava a enjoar. Mas não venha me dizer que ela está te esperando, que vai voltar para o Brasil na semana que vem, Marina me atalhou e mudamos de assunto, havia tanta algazarra no café, tanto calor. Bebemos o vinho de

um só trago, glu-glu-glu, esfregamos as mãos geladas e as-
piramos a fumaça fumegante do sanduíche, Que bom estar
aqui! Que bom que você ainda está livre, ela disse e nunca
Rosa ficou tão longe como nessa hora, Sim, vivemos alguns
anos juntos, mas quando embarquei, já estava tudo acabado ou quase. Marina pediu mais vinho. Mais sanduíches,
ô! alívio, afinal ela encontrara alguém em disponibilidade,
seu mais recente amor fora um suíço com duas famílias,
duas pátrias. E agora, um descompromissado e pintor! No
encontro no dia seguinte, fez uma ou duas perguntas sobre
Rosa, mas perguntas ligeiras, ocasionais. Achei que eram
ocasionais, não estava afeito à sua técnica. Ou ainda não
desenvolvera essa técnica, uma perfeição: mesmo quando
ela está na superfície de um ocioso movimento de chave de
parafuso desinteressado em afundar, ela afunda. Queixa-se
da minha atitude na defensiva, mas não tenho mesmo que
me defender? Não posso ser nítido como pede que seja, é
possível contar um fato com nitidez? As coisas devem ser
contadas com aparato para que não fiquem mesquinhas.
Cruéis. Se descrevo um crime e digo que a mulher apontou
e deu um tiro no coração do amante, se menciono simplesmente o gesto, sem a ambiguidade, sem a circunstância
que é todo o labirinto dando voltas e voltas até desembocar
nesse alvo... Está certo, vou tentar ser reto, quando conheci
Rosa, ela era noiva de um amigo e companheiro de quarto, eu morava numa pensão. Ele foi providencial para mim,
sem sua ajuda eu teria voltado para Goiás, Goiás Velho, sim
senhora, é longe Goiás, não? Longe à beça. Então ele pagou
minha parte na pensão e me forneceu cigarros, tinta. No
dia em que viajou pro Recife (era de lá, ia ao enterro do pai)
me pediu que eu fosse avisar a noiva, ela o esperava para o
jantar. E não tinha telefone. Fui, jantei seu jantar e ceei sua
noiva — *nitidamente* a coisa se passou assim. Pronto, viro
um mau-caráter total porque nesse tom também o episódio do tio fica abominável. Esse tio mudo que cuidava do
jardim, a casa ficava no meio de um jardim e ele morava

num barracão no fundo do quintal, o barracão que transformei no meu estúdio. Um dia sonhei com ele, com esse estranho mudo que conversava com as plantas. Chegava às vezes a rir quando elas diziam alguma gracinha, ria baixinho, mas ria. Se entendem na perfeição, Rosa veio me dizer: ele toca nelas e através dos dedos se comunicam até às raízes, as flores desabrocham mais depressa quando ele está por perto e morrem sem sofrimento quando ele toma a corola nas mãos. Inútil explicar-lhe que a discreta loucura do tio estava se fortalecendo como as raízes, no escuro. Tive então que exagerar, recorrer à ênfase para provar que de repente ele poderia ficar perigoso. Como naquela manhã em que me olhou enquanto segurava um daqueles seus ferros de jardinagem, cheguei a recuar. Você tinha saído, Rosa, estávamos só os dois. Então me fechei no barracão até que ele se afastasse, fiquei lá dentro pintando até você chegar, evidente, não fez nada assim de concreto, mas senti a ameaça. O perigo. Ela sacudia a cabeça, negando, negava sempre, O tio, perigoso? O tio?! Um velho tão inofensivo como as samambaias, as begônias, Que ameaça podia haver numa roseira? Talvez tivesse medo, isso sim, talvez eu o intimidasse, o deixasse inseguro. Então se refugiava em suas plantas. Mas lá também tem plantas, querida, eu disse. Lá nesse asilo que andei vendo, já providenciei tudo, ele vai ficar feliz na companhia de outros velhos, velho precisa de velho em redor. Um mês depois eu o levava. Foi sem resistência. Na hora de subir no táxi, me olhou demoradamente. Tomei-o pelo braço, impelindo-o suave mas firme, pensei que fosse reagir, se desvencilhar. Sentou-se no banco e ficou olhando em frente, as mãos escondidas no meio das pernas, tinha muito esse gesto para aquecê-las. Rosa chorava trancada no banheiro, fazia algum tempo que se fechava no banheiro para comer doce escondido ou chorar, já estava engordando. Voltei e ela ainda trancada lá dentro. Bati na porta, Não seja criança, Rosa, ele está felicíssimo, venha tomar um vinho, aura positiva, você não disse que somos nós que determinamos nossa aura? Eu mesmo preparei os sanduíches enquanto falava sem parar, animadíssimo: o barracão ia ficar ótimo com a reforma, podíamos pintar tudo, arrumaria minha cama num canto para poder trabalhar até tarde, dormir até tarde, talvez pudesse expor em setembro, setembro era primavera, um mês de sorte, podíamos dar uma festa no meu próprio estúdio e depois pensar naquele giro pela Amazônia — tantos projetos, hem Rosa. Incluindo aquele curso que quero um dia fazer na Europa, sei que vai acontecer! Ela ouvia em silêncio. Bebia em silêncio, os olhos inchados de tanto chorar. Fui buscar seus chocolates e caramelos que comia escondido, Pronto, coma o que quiser, Rosa Adocicada, Rosa Louca! Acordei tarde no dia seguinte. A mesa estava posta mas não a encontrei. Fui para o jardim: lá estava ela ajoelhada no canteiro das begônias, consolando-as. Chega disso, Rosa, vem que eu preciso que me arme uma moldura, chamei. Ela limpou no avental as mãos sujas de terra.

Amarro o cinto do roupão. O tecido esponjoso, morno, retém nas dobras o perfume de eucalipto. Os vidros luminosos de tão transparentes. O licor transparente. A alegria com que veio me contar sua descoberta, era um licor verde com um leve toque de menta, me trouxe num cálice, Prova! O simples perfume já excitava antes mesmo do calor se irradiar da boca para o peito, para o sexo, Mas é um licor afrodisíaco, eu disse. Podemos ficar ricos com essa fórmula, um licor de monges! Ela riu e vi a luz do licor nos seus olhos.

— Eu já tinha ouvido falar muito no seu nome mas nunca vi nenhum quadro seu, só assim em revistas. O senhor vai fazer alguma exposição?

Sigo o avental branco. Noto que seus pés são enormes mas pisam com mansidão.

— Só em Washington.

Não ficou rica nem com essa fórmula nem com as outras, não tinha o menor senso prático, as pessoas em redor ganhando, ficando conhecidas. Ela não. Acabou cedendo até a fórmula da água-de-colônia à italiana que batizou com novo nome (Petronius?) e pôs para vender em toda parte. Por que fez isso, Rosa? perguntei me controlando para não sacudir até despetalar a Rosa Obesa, estava quase obesa. Ela colava nos frascos caseiros os pequeninos rótulos com o antigo nome escrito com sua letrinha verde: *Rosana*. Homenagem à mãe que lecionava botânica, conheceu o marido num centro de pesquisas vegetais, uma família rara, todos naturalistas. Contei a Marina (mas o que não lhe contei?) o caso dessa mãe que viveu além da data marcada porque Rosa a fazia tomar chá de ipê-roxo, quando a morte veio buscá-la, encontrou o tio mudo guardando a árvore e a árvore guardando a doente. Então parece que o tio mudo trocou com a morte algumas palavras e a morte fez meia-volta e só voltou dez anos depois. A mudez eloquente, acrescentei, mas Marina não riu, estava muito compenetrada tecendo seu tapete, nesse tempo fazia dessas coiselhas para ocupar as mãos enquanto a mente ia longe, ocupada com outros tecidos. Vejo que a agulha não segue metódica o desenho: sem explicação, retrocede para um arabesco que ficou para trás, corre por ali e de repente reaparece de novo na mancha lilás na extremidade do pano, a lei é a das cores? Agora Marina quer saber nas minúcias o que aconteceu nessa noite em que cheguei com o recado do meu amigo: o jantar arrumado para ele. Rosa esperando. E você chega — e daí? Daí fiquei, como não podia deixar de ser. Tinha chovido, a casa longe, cheguei escorrendo água. Não deixou que eu ficasse com aquela roupa, me fez vestir o macacão do tio enquanto secava minha calça com o ferro. A chuva não parava e eu estava febril, acabei dormindo nas almofadas que arrumou na sala. Antes de dormir, me fez tomar um chá quente de flor de laranjeira.

Meu amigo precisou se demorar no Recife, tinha irmãos pequenos, inventário, uma embrulhada. Então passei a visitá-la diariamente. E ela não fez *nenhuma* questão de casamento? perguntou Marina só por hábito, sabe perfeitamente que eu não pensava sequer em casar. Mas se casou comigo, retrucou com a cara que conheço bem. Não demora e dá aquele salto com a agulha, mas eu me adianto: com você foi diferente, querida. Filha única, pai riquíssimo. Um avarento que não diz *bom-dia* de graça, esse pormenor é interessante, mas e a esperança? Não soma nisso? Ela riu abrindo o tapete nos joelhos. Nunca perdi essa esperança, nunca. Já estamos ficando meio velhos, é verdade, mas sustentar a chama como seu pai vem sustentando não é a mais valiosa doação? E nem vai morrer nada, chá de ipê--roxo, Marina, ele não soube desse ipê? pergunto e vejo que a agulha parece gracejar quando enfereda sinuosa até uma zona que já não alcanço, ô! Marina. Por que falamos tanta tolice que começa inocente e vai se turvando? Você provoca. Eu respondo mais ou menos no mesmo tom. Mas e se eu quiser esquecer? Você não deixa. Por que você não deixa? Aonde está querendo chegar? Ela dobrou o tapete. Guardou as linhas. Pode ter sido devido à fumaça (acendeu um cigarro) mas tive a impressão de que seus olhos se umedeceram. Acho que você nunca amou ninguém a não ser você mesmo, ela disse apertando as palmas das mãos contra os olhos. Amei você — quis dizer e não tive forças. Ela sabe que se a tivesse encontrado como encontrei tantas outras se aventurando em Paris, não a teria levado até a embaixada para o casamento. Usava roupetas pobres porque estava na moda ser pobre, mas eu estava ciente de que o pai era dono de fábricas de tecido, da avareza soube bem mais tarde. Amei Rosa — podia ter dito. Mas sabe também que se Rosa tivesse ganho com suas fórmulas, se ficasse aquele tipo de mulher que se leva pelo braço assim na frente, como um troféu, eu não viajaria sozinho. Nunca amei ninguém a não ser a mim mesmo? Mas se também não me amo, você sabe que vivo fugindo de mim. Ou não?

Aperto o roupão contra o peito, onde o suor já escorre despudorado. Subo na balança, o funcionário do pé grande dá as ordens e vou obedecendo, Agora é para pesar? Então vamos pesar. Fico sabendo que estou com três quilos a mais. Uma parte desses três quilos o senhor vai perder daqui a pouco, ele anuncia e respondo que já estou perdendo, a sauna começou na entrada. Ele anota na ficha o meu peso. A balança que Rosa comprou para se controlar não controlou porra nenhuma, como impedir que se trancasse no banheiro com seus chocolates, seus bolos. Rosa! eu chamava e ela abria a torneira, abria o chuveiro, mas estava era mastigando. Ou se masturbando. Masturbando? estranhou Marina. Você acha que ela se masturbava? Melhor esgotar o tema inesgotável, melhor dizer logo que já fazia tempo que nem nos tocávamos mais, a gravidez foi só bebedeira, loucura. Já estava gordíssima quando aconteceu, tão acidental. Mas tão inoportuno que eu tive que lhe dizer, A ocasião não é ideal, Rosa. Detesto essa palavra *ideal*, mas foi a única que me ocorreu na hora. Então ela vestiu o casaco preto e saiu, em todos os acontecimentos vestia esse casaco que eu não podia nem ver, pensava que com ele disfarçava sua gordura. Não disfarçava, ô! Marina, preciso mesmo continuar? Foi na noite do meu vernissage. Ela me preparou um lanche e depois fiquei bebendo, ainda era cedo. Podia ouvi-la no quarto ao lado, trabalhando nas molduras, gostava de trabalhar de noite, com música e mastigando seus biscoitos. Quando tomei o último gole de uísque e disse Vou indo, ela me apareceu com o tal casaco. A bolsa preta: Eu também vou. Fiquei sem saber o que dizer. É que fazia meses que a gente não saía mais juntos, eu tinha meus amigos, meus compromissos, ninguém perguntava por ela, ficou naturalmente excluída. Mas não se importava com isso, tinha engordado e era bastante lúcida para saber que nenhuma roupa lhe caía bem. Então se vestia sem vaidade, cheguei um dia a pensar que fazia questão de parecer mais feia. Ela sabia da sua amante? perguntou Marina. Encarei-a: Mas quem disse que eu tinha uma amante? Marina sustentou o olhar. Irritou-se. Mas você tinha ou não tinha uma amante? E então? Ela não suspeitava? Suspeitava, respondi e esperei as perguntas detalhistas. Não perguntou. Ali estava ela de bolsa e casaco preto, prossegui contando. Pronta para ir também. Me ocorreu na hora um pormenor tão tolo, se o casaco ficaria melhor abotoado ou desabotoado. Tive um sentimento de culpa, mas por que deixei que engordasse assim? E aquelas roupas medonhas. Abracei-a. No dia seguinte mesmo lhe daria dinheiro para uns vestidos, Quero você elegante de novo, vamos jogar no telhado esse casaco e essa bolsa, hem, Rosa? Ela apertava na mão a alça da bolsa preta como há alguns anos (quantos?) apertara a laranja. Olhei o retrato. Olhei-a: ambas com os olhos verde-água colados em mim. Minha Rosa, eu disse, estou muito contente porque você vai comigo, tudo o que sou devo a você, lembra? Não quero mais que faça a Rosa Obscura, todos vão gostar de te ver, mesmo que eu não venda um mísero quadro, vamos comemorar depois, ceia, boate, uma farra completa! Mas você está gelada, toma antes um gole, vamos esquentar, toma este uísque! Abri uma lata de amêndoas, ela gostava dessas amêndoas, É cedo ainda, melhor chegar quando todos já estiverem lá. Mas não fique assim tensa, tire o casaco, venha aqui no meu braço. Sentamos na esteira, bebemos no mesmo copo e quando ela riu, beijei-a. Senti um resquício de sabor de baunilha em sua língua, Você andou comendo pudim, confessa! Ela negava e ria, há muito tempo que não ria e fiquei feliz. Rosa Risonha ali ao meu lado como antigamente. Tirei-lhe os sapatos. Quando tirei sua blusa, o bico do seu seio se retraiu e se fechou como a folha da plantinha que dormia quando tocada, não era sensitiva? Dorme-Maria, vinha da minha infância. Beijei o outro seio que também se fechou, Acorda-Rosa! Seus olhos escureceram. Abriu-se sem resistência. Nunca a penetrei antes assim tão fundo, nunca a tive tão completa num gozo que já era sofrimento. Como se adivinhasse (Marina ouvindo, pálida) que era a nossa última vez. Cobri-a com o casaco e deixei-a dormindo. Ou fingindo dormir. Na rua, comecei a correr. Se pegasse um táxi, chegaria sem atraso. Fui indo estonteado pela noite de estrelas com a lua no fundo e pensei na minha mãe com seu vestido da mesma cor da noite, Está me vendo, mãe? gritei e descobri que na morte ela se integrara ao globo estrelado que o Menino Jesus segurava, eu não precisava mais ter medo de que o globo caísse porque ela já fazia parte dele, Você está aí? gritei e no delírio senti que meu sangue latejava da mesma cor da noite, intenso. Livre. Cheguei bêbado mas lúcido na exposição latejante, da porta me veio o bafo ardente. Entrei azul e grave, a glória é azul, Marina. Azul, azul.

— Se precisar de alguma coisa, tem a campainha — avisou o funcionário abrindo a porta de vidro opaco.

O vapor me sufoca. Fecho os olhos que ardem lacrimejantes: foi como se um tampão de gaze úmida se colasse à minha cara.

— Está muito forte para o senhor? — ele pergunta.

O tampão vai se diluindo, rarefeito. Escorre no suor. Respiro o eucalipto que sopra em lufadas quentes do chão, do teto. Abro os olhos. Tento ritmar a respiração sacudida pela tosse.

— Espera... Prefiro entrar aos poucos. Agora está bem, está bem assim.

No nevoeiro denso vou distinguindo os bancos de madeira, manchas dispostas em círculo, como num anfiteatro. No primeiro círculo, completamente nu, está o homem que passou por mim no vestiário: é lustroso e sem alento, espiando a barriga desabada em pregas sucessivas até a prega mais funda que quase lhe cobre o sexo, pequeno como o de um menino, mas escuro. Procuro me sentar a uma certa distância, que o gordo não cisme de enredar conversa. Mas ele também quer sossego porque as energias aqui são todas canalizadas no suor. Estamos imóveis, só o suor escorre veloz formando pequenas poças nos bancos. No chão. Poças isoladas umas das outras como ilhas. Os vasos incomunicantes. Mas por que Marina disse isso? Que nunca amei ninguém. Não te amei, Marina? Nem no começo? A vontade de te montar e ser montado, aquela ânsia. A satisfação que me estufava o peito quando entrava com você numa sala, não pela sua beleza, que você não era bonita, mas tão elegante. Raçuda. Então eu te levava pelo braço, é minha. É minha. Sofreu com meus casos, quase nos separamos no episódio Carla, quer dizer que não amei a Carla? E Rosa, também não? Me manchei com o sangue dela e você diz que não foi amor.

— Eu tomaria uns três litros d'água. Fácil — murmura o homem levantando a cabeça e olhando o teto. Tem olhos de peixe com saudade do mar. — Um litro atrás do outro.

Suas pernas são lisas como cera derretendo em camadas que empaparam o roupão e agora se estendem num friso escuro que se infiltra nas gretas do lajedo. Não é verdade que me envergonhasse dela, tão fina, tão sensível. Tão mais rica do que todo aquele mulherio brilhante que me cercava, foi o que expliquei a Marina, não é que me envergonhasse de levá-la às festas — ou me envergonhava? Gostava de tê-la em casa, com seu cabelo preso na nuca e aqueles aventais de laboratório. Rosa Particular. As tentativas que fiz para deixá-la menos desajeitada. Menos suburbana. E agora que falo nessas tentativas, Será que fiz tantas assim? Ou achei conveniente aquele seu retraimento, principalmente quando desandou a engordar? Não sei por que engordou assim, eu avisei. Chocolates, biscoitos, mastigava o dia inteiro. Posso ser calculista. Mas ninguém é *só* cálculo. Ninguém é *só* interesse. Abro o roupão. As gotas de suor se cruzam no meu peito e acabam por se juntar em riozinhos que deslizam abrindo caminho por entre os pelos do ventre. Fico olhando meu sexo emurchecido como aquelas raízes que o tio mudo ia desencavar, Escuta, Marina, então não amei? Como é que você pode dizer isso? Acho que nunca me entreguei totalmente, isso não, sempre ficava uma parte — menor ou maior? — de mim mesmo que olhava com lucidez a outra parte possuída. Essa história também de amar o próximo como a mim mesmo, não amei coisa nenhuma. Abstrações bestas, fantasias. Sempre recebi muito mais do que dei, concordo, estou sendo honesto. Passo a língua nos lábios: eucalipto e sal. Amei meu trabalho, eu trabalhava com tanto amor, lembra? Se ao menos tivéssemos tido filhos, Marina. Mas você nunca pôde ter filhos, espero que não me culpe também por isso. Então estamos sós, sem desejo. Sem paixão, quer dizer, sem paixão, eu, porque você está toda fervorosa com suas *irmãzinhas*, seu jornal. Libertação. Vai acabar se libertando de mim. Sabe, Marina, eu esperava que envelhecêssemos juntos, o sexo apaziguado, não mais traições, só aquela ternura tranquila, sem ressentimentos. Sem mágoas. Com os nossos filhos. Sempre achei besteira essa conversa de filhos que logo se casam e querem ver a gente pelas costas, planejando discretamente (bem discretamente) um asilo para a nossa velhice quando formos velhos, os sacanas. Como fiz com o tio. E agora sinto falta deles, desses filhos que não tive. Podia ter tido com Rosa. Mas a ideia me apavorou tanto, Depressa, Rosa, vai abortar correndo, correndo! Você estava certa, Marina, ela resistiu, queria um filho nosso. Também obriguei Carla, Você está louca, Carla? Mãe solteira — é isso o que você quer ser? É o que seria. Mas, Carla, eu não vou me separar da Marina, se pensa que com isso vai me pegar pelo pé... Então ela pediu uísque, estávamos num bar. Não, não é isso, me respondeu. Não é isso que eu quero. Também nem quero mais esse filho que um dia pode me olhar como você está me olhando. A Carla era corajosa, devia fazer parte aí desse seu movimento. Enxugo o peito onde o suor brota mais quente, em cócega desesperante. Nem completo o gesto e novas gotas já nascem em lugar das outras. Arranco o roupão. O vapor ardente sopra dos quatro cantos da sauna como da boca do dragão, tinha sempre um dragão nas histórias da minha mãe, com homens maus castigados até o fim, o castigo quente era obrigatório. Fecho os olhos e a vejo vir vindo com seu vestido azul-noite. E minha mãe? Também não amei minha mãe? As lágrimas escorrem e se misturam ao suor que me inunda a boca, estou chorando como nunca chorei e quero chorar mais, suar mais, verter tudo nesta porra de sauna, e minha mãe?... Estou banhado em lágrimas.

— O seu tempo já se esgotou — diz o funcionário abrindo a porta. Aproxima-se do homem gordo. Recua, tosse: — Mas pode ficar mais uns minutos, o senhor é que sabe.

O homem se levanta com dificuldade. Apanha o roupão caído debaixo do banco, veste-o num movimento penoso e vai saindo curvado, arrastando os pés descalços, esqueceu os chinelos.

— Chega. Por hoje chega.

Vem pela fresta da porta uma lufada fria de ar. E a música. Me encolho, cubro a cara com as mãos e apoio os cotovelos nos joelhos. Agora o funcionário se dirige a mim. Respondo por entre a fresta das mãos, Estou ótimo. Ele agradece e avisa que virá me chamar quando se esgotar meu tempo. Fecha a porta. Me descubro. As lágrimas correm mais espaçadamente, revigoradas em seu trajeto pelas veredas de suor. Fico olhando num só ponto, Marina diz que é assim e Marina sabe, olhar um ponto em frente (escolho a campainha) e no silêncio, sem mentira, sem disfarce, ir se desvencilhando das camadas e camadas que se acumularam — as horas nuas, foi um livro? Um filme? Deixar ir caindo o que não for verdadeiro. Mas será que eu posso fazer essa seleção, eu?! Tudo está tão misturado, Marina. E você fala em eleger a verdade como aquela gente da Inquisição, acho que você veio desse tempo, devia ser um Inquisidor-mor de barrete marrom. Eu era um moedeiro falso, queimado na fogueira que você mesma ajudou a armar. Então nos encontramos em Paris todos esses séculos depois e vim me derreter aqui, concentrado num só ponto até escorrer minha última lágrima. Ficar sozinho mesmo, você aconselha. Mas não sou boa companhia, você sabe, quando fico assim quieto a onda trevosa começa a subir lá dentro, miasmas de lembranças que nem têm mais forma de tão comprimidas, não distingo caras, palavras mas só treva grudenta invadindo os vãos, as brechas. O corpo sem ar e com todo o ar do espaço, rolando em abandono sem ter onde agarrar e sendo agarrado. Sendo agarrado. O bico, o pássaro desce e me levanta pelo bico e depois nem fica comigo, me solta sem apoio, num desvalimento tão desvalido, estou morrendo, não é isto morrer? Olho o ponto vermelho e não faço nenhum movimento, minha vontade é sair desembestado, quero beber, conversar com o funcionário de avental, aceito o cafezinho, aceito a festa, a música, a puta, deitar com a primeira puta, jantar o primeiro convite! E estou quieto. Se a felicidade está no movimento, permaneço imóvel, podre de infeliz e imóvel até escorrer a camada final. Lá bem no centro, como num furacão, tem uma zona de trégua. Calma. Respiro melhor, está passando. A angústia da agonia está passando. Coordenar a respiração até que o ar consiga varar o funil obstruído, soprar o coração ainda assustado, me comovo com meu coração que treme como um pequeno pássaro, com medo daquele outro, enorme, que me arrebatou há pouco. Acaricio-o de leve, fique tranquilo. Entrelaço as mãos no ventre — o gesto da minha mãe. Mas ela não ficava olhando para as mãos, ficava olhando para dentro. Não foi como eu contei, Marina, você sabe que não foi. Pediu que eu mesmo dissesse, pois estou dizendo: ela me espera para o jantar, a minha noiva, mas tenho que seguir imediatamente, ele disse. Aquele meu amigo. Vá e avise que meu pai morreu, mas avise com jeito, ela é tão sensível! Pode deixar, respondi, sou jeitoso. Quando atravessei o jardim, tinha decidido, vou me instalar aqui. Até meu resfriado, lembra? Se ela se comover comigo, um pobre pintor desconhecido e de Goiás Velho — o que comove mais ainda, se for tocada pela minha pobreza. Pelo meu desamparo e se for do tipo maternal, se quiser ser minha mãezinha. Aceitei a roupa seca. Aceitei o chá. Rosa-Chá — eu disse e ficamos sorrindo das outras rosas que viriam depois. É fácil representar, Marina, mas quero insistir num ponto, não foi só representação, você gosta de nitidez e ninguém é líquido nem sólido, pastoso? As coisas são embrulhadas, até o dragão tem o seu lado, me pergunto agora mesmo sem cinismo: não era amor? Não acabou sendo amor? Nunca se sabe na hora. Nem depois. A noite do vernissage, sim, representei, eu não queria que ela fosse comigo, não queria mostrar minha mulher, uma gorda de casaco preto. Mas engordou quando se sentiu rejeitada. Estou bloqueado, eu dizia e ia trepar lá fora com outras mulheres e nem disfarçava, ela sabia. Sabia. Quando chegou aquela noite e disse, Vou com você, pensei na mesma hora, dou-lhe um porre, vai beber tanto que só vai acordar no dia seguinte. Mas no meio (não estou dizendo?) veio o desejo. Não estava programado aquele amor dolorido, doce, a exposição me esperando, as estrelas e ela dormindo em seguida, cúmplice da minha fuga a Rosa Generosa, estou certo de que fingiu que dormia. Totalmente a meu serviço, a Rosa Rejeitada, deixou suas loções e passou a cuidar das minhas molduras, tinha talento também para a madeira. Nunca pudemos ter empregada, ela sozinha dava conta da casa, do jardim. A alegria que me tomava às vezes só de pensar que estava à minha espera, sem ressentimento. O olhar limpo, as mãos limpas. Os vidros verdes e o perfume. A sopa verde e meu bife sangrento, era calma. Minha Rosa Tranquila, eu lhe dizia baixinho, se você me abandonar, me mato. E estava sendo sincero e por isso me pergunto se não era amor, um amor calculado, mas amor — existe, sim. A gravidez foi o imprevisto. Nem o retrato ficou com ela que também o retrato acabei vendendo, tive uma oferta alta e não resisti. Véspera da viagem. Faço outro, Rosa, prometi antes de embarcar, faço dúzias depois! Não, não está na sua sala de visitas com as visitas que não chegam para o pôquer, invenção essa história do dentista, quero dizer, de fato ele tratou dos dentes dela, mas depois nunca mais se viram, ela não saía quase. Uma droga de dentista que a fez sofrer, vivia com os dentes encrencados, o dentista bom era o meu. Véspera da viagem. Então ela saía sem parar, tinha o aborto. A mudança. E tinha que providenciar o seu quarto no apartamento de uma conhecida. Uma tarde (foi a última?) voltei mais cedo, o embarque era naquela noite: estava ali, quieta, olhando suas plantas, parada no meio do jardim. Não me viu chegar e continuou de braços pendidos ao lado do corpo, as mãos abertas em leque sobre o canteiro — era um gesto de despedida. Não podia levá-las e foi dizer-lhes isso, dizia adeus ao seu São Francisco de Assis, à sua Santa Teresinha — ô! Marina, a vontade que tive de gritar quando a vi assim, Apaga tudo, Rosa, não tem mais viagem nem aborto nem mudança, vamos ficar! Ficar. Mas que filho da puta você virou para permitir uma coisa dessas? fiquei repetindo só para mim enquanto a tomei pela mão, Vamos? Sua mão estava gelada. O táxi está esperando, Rosa, estamos atrasados. Ela fechou no peito a gola do casaco preto, Sim, vamos. O táxi esperando, eu estava com pressa, Marina, e minha carreira? Meu prêmio? Você me esperando em Paris, Place Saint-André-des-Arts. Duas semanas depois da minha chegada, recebi a ordem de pagamento do cheque que prometeu para encompridar minha viagem. Mas não recebi nenhuma carta. Nem sequer um bilhete. Escrevi para o endereço que tinha me dado e a carta me foi devolvida, *Endereço desconhecido*. Recorri aos nossos amigos que eram só meus: não, ninguém tinha ideia de onde ela poderia estar, era esquiva, não? Marina, escuta, já estávamos casados e ainda assim em silêncio eu tentava encontrá-la, remorso?... Lá sei, ah! Rosa Desaparecida, Desaparecida, Desaparecida. Tentei refazer o retrato e ficou uma imitação pobre: apenas uma moça na janela segurando uma laranja e não a Rosa segurando o meu mundo, foi o meu mundo que ela segurou quando lhe dei a laranja, Segura assim, não se mexa. Apodreceu. Tentei um segundo retrato e acabei rasgando tudo, estava só e bêbado quando chamei o Diabo, Quero pintar como pintava, me faça pintar como antes e lhe dou já minh'alma! Será que você não quer a minha alma? Mas é uma alma tão porcaria assim que nem você aceita? Quando Marina chegou, contei que quis fazer o maldito do retrato e o Diabo nem deu sinal de vida. Ele já tem alma demais, ela disse, está querendo se desfazer das que tem. Apodreceu. A laranja. Não, não se refaz nada, meio século já se esvaiu, quanto ainda me resta? E se eu tentar de novo, você acha que é tarde? Escuta, Marina, se eu tentar novamente? Me responda, Marina, e se eu recomeçar? Se você me ajudasse, se tivesse confiança em mim eu poderia voltar a trabalhar a sério, largo tudo isso, vai ser uma alegria vencer essa vaidade, essa ânsia, trabalhar em silêncio, só nós dois, ficaremos juntos e quem sabe na solidão?! A fé. O amor, e se voltar o amor, não é possível isso? Responda, Marina, responda! Já não aconteceu antes?

— Se quiser me chamar, basta apertar a campainha — diz o funcionário. E vai abrir a porta ao novo cliente que entra pisando firme, majestoso. — Não está muito forte, não? Por obséquio, a sua toalha.

Faz um gesto na minha direção, É suficiente? Calço os chinelos e me enrolo no roupão. Enxugo os olhos. A cara. Estou banhado em lágrimas.

— É suficiente.

Aproxima-se para me ver melhor. Tenho vontade de rir: já me derreti inteiro, as manchas azuis dos meus olhos estão boiando lá adiante, na correnteza — ô! Marina. Você está sorrindo, tem razão, tantas vezes prometi exatamente essas mesmas coisas, tantos projetos — lembra? Verdadeiros delírios de intenções, palavras. Não tem o futuro, não vamos falar em futuro que isso não existe. Só tem agora. Agora. Respondo só por agora.

— Então? — pergunta o funcionário enquanto me conduz de volta.

Vejo os seus pés enormes e comunico que estou um tanto enfraquecido, mas limpo.

Pomba Enamorada ou
Uma História de Amor

Encontrou-o pela primeira vez quando foi coroada princesa no Baile da Primavera e assim que o coração deu aquele tranco e o olho ficou cheio d'água pensou: acho que vou amar ele pra sempre. Ao ser tirada teve uma tontura, enxugou depressa as mãos molhadas de suor no corpete do vestido (fingindo que alisava alguma prega) e de pernas bambas abriu-lhe os braços e o sorriso. Sorriso meio de lado, para esconder a falha do canino esquerdo que prometeu a si mesma arrumar no dentista do Rôni, o Doutor Élcio, isso se subisse de ajudante para cabeleireira. Ele disse apenas meia dúzia de palavras, tais como, Você é que devia ser a rainha porque a rainha é uma bela bosta, com o perdão da palavra. Ao que ela respondeu que o namorado da rainha tinha comprado todos os votos, infelizmente não tinha namorado e mesmo que tivesse não ia adiantar nada porque só conseguia coisas a custo de muito sacrifício, era do signo de Capricórnio e os desse signo têm que lutar o dobro pra vencer. Não acredito nessas babaquices, ele disse, e pediu licença pra fumar lá fora, já estavam dançando o bis da "Valsa dos Miosótis" e estava quente pra danar. Ela deu a licença. Antes não desse, diria depois à rainha enquanto voltavam pra casa. Isso porque depois dessa licença não conseguiu mais botar os olhos nele, embora o procurasse por todo o salão e com tal empenho que o diretor do clube veio lhe perguntar o que tinha perdido. Meu namorado, ela disse rindo, quando ficava nervosa, ria sem motivo. Mas o Antenor é seu namorado? estranhou o diretor apertando-a com força enquanto dançavam "Nosotros". É que ele saiu logo depois da valsa, todo atracado com uma escurinha de frente única, informou com ar distraído. Um cara legal mas que não esquentava o rabo em nenhum emprego, no começo do ano era motorista de ônibus, mês passado era borracheiro numa oficina da Praça Marechal Deodoro mas agora estava numa loja de acessórios na Guaianases, quase esquina da General Osório, não sabia o número mas era fácil de achar. Não foi fácil assim ela pensou quando o encontrou no fundo da oficina, polindo uma peça. Não a reconheceu, em que podia servi-la? Ela começou a rir, Mas eu sou a princesa do São Paulo Chique, lembra? Ele lembrou enquanto sacudia a cabeça impressionado, Mas ninguém tem este endereço, porra, como é que você conseguiu? E levou-a até a porta: tinha um monte assim de serviço, andava sem tempo pra se coçar mas agradecia a visita, deixasse o telefone, tinha aí um lápis? Não fazia mal, guardava qualquer número, numa hora dessas dava uma ligada, tá? Não deu. Ela foi à Igreja dos Enforcados, acendeu sete velas para as almas mais aflitas e começou a Novena Milagrosa em louvor de Santo Antônio, isso depois de telefonar várias vezes só pra ouvir a voz dele. No primeiro sábado em que o horóscopo anunciou um dia maravilhoso para os nativos de Capricórnio, aproveitando a ausência da dona do salão de beleza que saíra para pentear uma noiva, telefonou de novo e dessa vez falou, mas tão baixinho que ele precisou gritar, Fala mais alto, merda, não estou escutando nada. Ela então se assustou com o grito e colocou o fone no gancho, delicadamente. Só se animou com a dose de vermute que o Rôni foi buscar na esquina, e então tentou novamente justo na hora em que houve uma batida na rua e todo mundo foi espiar na janela. Disse que era a princesa do baile, riu quando negou ter ligado outras vezes e convidou-o pra ver um filme nacional muito interessante que estava passando ali mesmo, perto da oficina dele, na São João. O silêncio do outro lado foi tão profundo que o Rôni deu-lhe depressa uma segunda dose, Beba, meu bem, que você está quase desmaiando. Acho que caiu a linha, ela sussurrou apoiando-se na mesa, meio tonta. Senta, meu bem, deixa eu ligar pra você, ele se ofereceu bebendo o resto do vermute e falando com a boca quase colada ao fone: Aqui é o Rôni, coleguinha da princesa, você sabe, ela não está nada brilhante e por isso eu vim falar no lugar dela, nada de grave, graças a Deus, mas a pobre está tão ansiosa por uma resposta, lógico. Em voz baixa, amarrada (assim do tipo de voz dos mafiosos do cinema, a gente sente uma *coisa*, diria o Rôni mais tarde, revirando os olhos) ele pediu calmamente que não telefonassem mais pra oficina porque o patrão estava puto da vida e além disso (a voz foi engrossando) não podia namorar com ninguém, estava comprometido, se um dia me der na telha, EU MESMO TELEFONO, certo? Ela que espere, porra. Esperou. Nesses dias de expectativa, escreveu-lhe catorze cartas, nove sob inspiração romântica e as demais calcadas no livro *Correspondência Erótica*, de Glenda Edwin, que o Rôni lhe emprestou com recomendações. Porque agora, querida, a barra é o sexo, se ele (que voz maravilhosa!) é Touro, você tem que dar logo, os de Touro falam muito na lua, nos barquinhos, mas gostam mesmo é de trepar. Assinou Pomba Enamorada, mas na hora de mandar as cartas, rasgou as eróticas, foram só as outras. Ainda durante esse período começou pra ele um suéter de tricô verde, linha dupla (o calor do cão, mas nesta cidade, nunca se sabe) e duas vezes pediu ao Rôni que lhe telefonasse disfarçando a voz, como se fosse o locutor do programa *Intimidade no Ar*, para avisar que em tal e tal horário nobre a Pomba Enamorada tinha lhe dedicado um bolero especial. É muito, muito macho, comentou o Rôni com um sorriso pensativo depois que desligou. E só devido a muita insistência acabou contando que ele bufou de ódio e respondeu que não queria ouvir nenhum bolero do caralho, Diga a ela que viajei, que morri! Na noite em que terminou a novela com o Doutor Amândio felicíssimo ao lado de Laurinha, quando depois de tantas dificuldades venceu o amor verdadeiro, ela enxugou as lágrimas, acabou de fazer a barra do vestido novo e no dia seguinte, alegando cólicas fortíssimas, saiu mais cedo pra cercá-lo na saída do serviço. Chovia tanto que quando chegou já estava esbagaçada e com o cílio postiço só no olho esquerdo, o do direito já tinha se perdido no aguaceiro. Ele a puxou pra debaixo do guarda-chuva, disse que estava putíssimo porque o Corinthians tinha perdido e entredentes lhe perguntou onde era seu ponto de ônibus. Mas a gente podia entrar num cinema, ela convidou, segurando tremente no seu braço, as lágrimas se confundindo com a chuva. Na Conselheiro Crispiniano, se não estava enganada, tinha em cartaz um filme muito interessante, ele não gostaria de esperar a chuva passar num cinema? Nesse momento ele enfiou o pé até o tornozelo numa poça funda, duas vezes repetiu, Essa filha da puta de chuva e empurrou-a para o ônibus estourando de gente e fumaça. Antes, falou bem dentro do seu ouvido que não o perseguisse mais porque já não estava aguentando, agradecia a camisa, o chaveirinho, os ovos de Páscoa e a caixa de lenços mas não queria namorar com ela porque estava namorando com outra, Me tire da cabeça, pelo amor de Deus, PELO AMOR DE DEUS! Na próxima esquina, ela desceu do ônibus, tomou condução no outro lado da rua, foi até a Igreja dos Enforcados, acendeu mais treze velas e quando chegou em casa pegou o Santo Antônio de gesso, tirou o filhinho dele, escondeu-o na gaveta da cômoda e avisou que enquanto Antenor não a procurasse não o soltava nem lhe devolvia o menino. Dormiu banhada em lágrimas, a meia de lã enrolada no pescoço por causa da dor de garganta, o retratinho de Antenor, três por quatro (que roubou da sua ficha de sócio do São Paulo Chique), com um galhinho de arruda, debaixo do travesseiro. No dia do Baile das Hortênsias, comprou um ingresso para cavalheiro, gratificou o bilheteiro que fazia ponto na Guaianases pra que levasse o ingresso na oficina e pediu à dona do salão que lhe fizesse o penteado da Catherine Deneuve que foi capa do último número de *Vidas Secretas*. Passou a noite olhando para a porta de entrada do baile. Na tarde seguinte comprou o disco *Ave-Maria dos Namorados* na liquidação, escreveu no postal a frase que Lucinha diz ao Mário na cena da estação, *Te amo hoje mais do que ontem e menos do que amanhã*, assinou P. E. e depois de emprestar dinheiro do Rôni foi deixar na encruzilhada perto da casa de Alzira o que o Pai Fuzô tinha lhe pedido há duas semanas pra se alegrar e cumprir os destinos: uma garrafa de champanhe e um pacote de cigarro Minister. Se ela quisesse um trabalho mais forte, podia pedir, Alzira ofereceu. Um exemplo? Se cosesse a boca de um sapo, o cara começaria a secar, secar e só parava o definhamento no dia em que a procurasse, era tiro e queda. Só de pensar em fazer uma ruindade dessas ela caiu em depressão, Imagine, como é que podia desejar uma coisa assim horrível pro homem que amava tanto? A preta respeitou sua vontade mas lhe recomendou usar alho virgem na bolsa, na porta do quarto e reservar um dente pra enfiar lá dentro. Lá *dentro!* ela se espantou, e ficou ouvindo outras simpatias só por ouvir, porque essas eram impossíveis para uma moça virgem: como ia pegar um pelo das injúrias dele pra enlear com o seu e enterrar os dois assim enleados em terra de cemitério? No último dia do ano, numa folga que mal deu pra mastigar um sanduíche, Rôni chamou-a de lado, fez um agrado em seus cabelos (Mas que macios, meu bem, foi o banho de óleo, foi?) e depois de lhe tirar da mão a xícara de café contou que Antenor estava de casamento marcado para os primeiros dias de janeiro. Desmaiou ali mesmo, em cima da freguesa que estava no secador. Quando chegou em casa, a vizinha portuguesa lhe fez uma gemada (A menina está que é só osso!) e lhe ensinou um feitiço infalível, por acaso não tinha um retrato do animal? Pois colasse o retrato dele num coração de feltro vermelho e quando desse meio-dia tinha que cravar três vezes a ponta de uma tesoura de aço no peito do ingrato e dizer fulano, fulano, Como se chamava ele, Antenor? Pois, na hora dos pontaços, devia dizer com toda fé, Antenor, Antenor, Antenor, não vais comer nem dormir nem descansar enquanto não vieres me falar! Levou ainda um pratinho de doces pra São Cosme e São Damião, deixou o pratinho no mais florido dos jardins que encontrou pelo caminho (tarefa dificílima porque os jardins públicos não tinham flores e os particulares eram fechados com a guarda de cachorros) e foi vê-lo de longe na saída da oficina. Não pôde vê-lo porque (soube através de Gilvan, um chofer de praça muito bonzinho, amigo de Antenor) nessa tarde ele se casava com uma despedida íntima depois do religioso, no São Paulo Chique. Dessa vez não chorou: foi ao crediário Mappin, comprou um licoreiro, escreveu um cartão desejando-lhe todas as felicidades do mundo, pediu ao Gilvan que levasse o presente, escreveu no papel de seda do pacote um P. E. bem grande (tinha esquecido de assinar o cartão) e quando chegou em casa bebeu soda cáustica. Saiu do hospital cinco quilos mais magra, amparada por Gilvan de um lado e por Rôni do outro, o táxi de Gilvan cheio de lembrancinhas que o pessoal do salão lhe mandou. Passou, ela disse a Gilvan num fio de voz. Nem penso mais nele, acrescentou, mas prestou bem atenção em Rôni quando ele contou que agora aquele vira-folhas era manobrista de um estacionamento da Vila Pompeia, parece que ficava na Rua Tito. Escreveu-lhe um bilhete contando que quase tinha morrido mas se arrependia do gesto tresloucado que lhe causara uma queimadura no queixo e outra na perna, que ia se casar com Gilvan que tinha sido muito bom no tempo em que esteve internada e que a perdoasse por tudo o que aconteceu. Seria melhor que ela tivesse morrido porque assim parava de encher o saco, Antenor teria dito quando recebeu o bilhete que picou em mil pedaços, isso diante de um conhecido do Rôni que espalhou a notícia na festa de São

João do São Paulo Chique. Gilvan, Gilvan, você foi a minha salvação, ela soluçou na noite de núpcias enquanto fechava os olhos para se lembrar melhor daquela noite em que apertou o braço de Antenor debaixo do guarda-chuva. Quando engravidou, mandou-lhe um postal com uma vista do Cristo Redentor (ele morava agora em Piracicaba com a mulher e as gêmeas) comunicando-lhe o quanto estava feliz numa casa modesta mas limpa, com sua televisão a cores, seu canário e seu cachorrinho chamado Perereca. Assinou por puro hábito porque logo em seguida riscou a assinatura, mas levemente, deixando sob a tênue rede de risquinhos a *Pomba Enamorada* e um coração flechado. No dia em que Gilvanzinho fez três anos, de lenço na boca (estava enjoando por demais nessa segunda gravidez) escreveu-lhe uma carta desejando-lhe todas as venturas do mundo como chofer de uma empresa de ônibus da linha Piracicaba-São Pedro. Na carta, colou um amor-perfeito seco. No noivado da sua caçula Maria Aparecida, só por brincadeira, pediu que uma cigana muito famosa no bairro deitasse as cartas e lesse seu futuro. A mulher embaralhou as cartas encardidas, espalhou tudo na mesa e avisou que se ela fosse no próximo domingo à estação rodoviária veria chegar um homem que iria mudar por completo sua vida, Olha ali, o Rei de Paus com a Dama de Copas do lado esquerdo. Ele devia chegar num ônibus amarelo e vermelho, podia ver até como era, os cabelos grisalhos, costeleta. O nome começava por *A*, olha aqui o Ás de Espadas com a primeira letra do seu nome. Ela riu seu risinho torto (a falha do dente já preenchida, mas ficou o jeito) e disse que tudo isso era passado, que já estava ficando velha demais pra pensar nessas bobagens mas no domingo marcado deixou a neta com a comadre, vestiu o vestido azul-turquesa das bodas de prata, deu uma espiada no horóscopo do dia (não podia ser melhor) e foi.

WM

A chuva mansa e o céu de aço. Na mesa do Doutor Werebe, o relógio branco marca três horas, três horas em ponto. Cheguei há pouco e a enfermeira pediu que esperasse. Então, como vão as coisas? ele vai perguntar enquanto acende o cigarro. Como vai minha irmã? pergunto eu. O silêncio ajuda a abrir o intrincado caminho aqui dentro por onde vou descendo até o fundo, para ajudá-la preciso eu também descer aos infernos. E no terceiro dia ressuscitar dos mortos, rezo muito, mas não aos santos limpos, rezo aos outros, aqueles rasgados por espinhos, por demônios. Rezo principalmente a São Francisco de Assis com seus olhos cosidos e mãos furadas, ele pode ajudar minha irmã, ele e Doutor Werebe que me acompanha nessa descida e me levanta e anima quando tropeço, fiquei demais envolvido. Como vão as coisas? me pergunta enquanto acende o cigarro. Acendo o meu. E sem nenhuma pressa, começamos a falar nela.

Vou até a porta envidraçada que dá para o pátio. No vidro embaçado, com o dedo escrevo um W e um M, duas letras recortadas na folhagem brilhante de chuva, o resto é névoa.

Minhas iniciais e as iniciais dela, Wanda e Wlado, uma família de nomes começando com dáblio, mamãe se chamava Webe. Wanda, minha irmã. Por esse W ela foi subindo ágil com seu passo elástico, atingiu a ponta aguda da letra e ficou equilibrada lá no alto, bailarina de malha cor-de-rosa se apurando no seu exercício mais raro, as sapatilhas de cetim num prolongamento do ângulo. Desequilibrou-se e rolou pela encosta da letra até ficar comprimida no fundo, nesse segundo vértice que toca o chão. No escuro, presa entre as duas paredes, ela continua até agora. Seu silêncio é suave porque ela é suave. Mas o olhar não vai além da parede em frente. Wanda, minha irmã, não quer mais vestir sua linda malha e tentar subir de novo?

Doutor Werebe não responde. É preciso esperar, ele disse. Espero. Teve uma crise na infância, mamãe me falou nos meses em que foi obrigada a passar na sua cabeceira quando ela era ainda uma menininha. Recuperou-se. Aprendeu bailado. Línguas. Cinco anos mais velha do que eu e tão mais desenvolvida, nesse tempo vivíamos numa casa luxuosa, mamãe era uma artista importante e bonita, com muitos homens em volta. Tantos empregados, mas era Wanda quem cuidava de mim, quem me contava histórias. Quando resolveu me ensinar a ler comprou um quadro-negro e uma caixa de giz de todas as cores, nos intervalos eu desenhava. Aprendi o EME com facilidade mas resisti ao DÁBLIO, me lembro como ela ria quando minha língua enrolava no *blio*. Mas o DÁBLIO não passa de um EME de cabeça para baixo, explicou enquanto escrevia um grande W seguido de um M — Não é simples? Dei uma cambalhota e fiquei plantado nas duas mãos, Assim, Wanda? É uma letra assim? Ela me segurou pelos pés, apertou-os contra o peito. E retomando o giz, foi enchendo o quadro-negro de dáblios e emes, chegou até à moldura, escreveu na moldura, invadiu a parede e contornou a janela, subiu na estante, o giz se esfarelando nas lombadas dos livros, no chão, W M W M W M W M W M W M — Não é fácil? Não é fácil? ia perguntando sem poder parar. Fiquei na maior excitação, dando gritos até mamãe vir lá de dentro e me sacudir enfurecida, Quer fazer o favor de parar com isso? Foi a Wanda, eu denunciei mas ela continuou me sacudindo, Vai parar? Mamãe era uma atriz famosa mas agitada como um vento de tempestade. Ou estava estudando algum papel em meio de crises de angústia (era uma perfeccionista) ou estava dando entrevistas ou experimentando roupas ou telefonando, levava o telefone para o quarto, deitava e ficava horas falando com uma amiga ou algum amante. Pílulas para dormir, pílulas para acordar, a cara sempre enlambuzada de creme. Não tomava conhecimento nem de Wanda nem de mim. Atrás de um móvel ou pela fresta da janela eu a via entrar e sair se queixando, se queixava muito das pessoas. Do tempo curto que a obrigava a correr e nessa corrida ia perdendo coisas, Onde está meu lenço, meu perfume, minha chave, minha echarpe?! Leva esse menino daqui! gritou certa vez que me aproximei mais. Wanda me consolou com um sorvete de chocolate e com a história do Martinho Pescador que pescou um peixe encantado e o peixe lhe suplicou que o soltasse, em troca lhe daria o que pedisse. Quero uma casa, pediu o pescador que vivia numa tapera. Voltou e encontrou a mulher de vestido novo, radiante no palacete mais bonito do bairro. Só uma tarde durou esse contentamento porque de noite a mulher já começou a se queixar, ao invés de uma casa tão banal, bem que o tolo do marido podia ter pedido um palácio, Vai lá e pede um palácio! Ele foi, pediu um palácio e quando voltou, ela já estava resmungando, de que adiantava tanto mármore e ouro se não tinha o poder? Volta ao peixe, ordenou, quero ser rei! Depois começou a se queixar de novo, era tão limitado o poder do rei que não chegava ao reino dos céus, Agora quero ser Papa! Mas um dia se sentou no trono da igreja, chamou o Martinho Pescador e mandou-o de volta à praia, Diga ao peixe que quero ser Deus! Deus? perguntou o peixe. E aí tudo revirou. Chegou em casa e encontrou a mulher esfarrapada e chorando na porta da casa.

Embora menino, de modo obscuro eu associava mamãe com a mulher de Martinho, que não sossegava. Estreava a peça e vinham as críticas. Os telegramas. As homenagens. Então ficava macia, o sorriso flutuante igual ao da deusa da gravura, uma roliça mulher coroada de anjos numa gôndola puxada por dois cisnes brancos. Vem brincar com a mamãe, chamava por entre as plumas do seu *négligé*. Eu ia mas nunca ficava muito à vontade, atento ao primeiro sinal de impaciência: tinha sempre um crítico que se omitia e um outro que foi meio ambíguo — mas por que o público do último sábado não aplaudiu de pé? A desconfiança crescia numa conspiração: apontava inimigos, descobria tramas. Irritava-se quando o telefone tocava sem parar ou quando as pessoas a abordavam na rua pedindo autógrafos, retratos. Mas quando chegou o tempo em que o telefone ficou calado e as pessoas não se viravam para vê-la, caiu no mais completo desespero. Os vasos vazios de flores. As pessoas distraídas. O tremor de excitação durava até a hora do carteiro, Hoje não veio carta? Nem hoje nem ontem, só convites para exposições ou avisos de banco que eram rasgados com tanto ódio que comecei a rezar para que eles não chegassem mais. Sobrava o jornal que costumava deixar para depois, nunca entendi por que reservava para o fim o jornal. Ia diretamente à página de arte, percorria os textos, Não fui mencionada? E quem sabe alguma referência na página seguinte. Ou na outra, ô! que insipidez, que vazio. Dobrava o jornal com uma crispação que eu ouvia de longe. Passava os cremes, tomava as pílulas e ia dormir. Para recomeçar tudo quando acordava e zonza ainda queria saber, Ninguém telefonou? Fingia alívio: ótimo. Mas o maxilar endurecia. Evitava Wanda porque Wanda ficou moça, não suportava sua juventude. E me evitava porque eu era parecido com meu pai, aquele que um dia saiu para comprar fósforos e nunca mais apareceu. Na afobação do sucesso, achou bom mesmo que ele tivesse sumido. Mas assim que começou a envelhecer o ódio que fora curto voltou revigorado. Na estreia de uma peça que queria demais fazer (perdeu o papel para uma mais jovem) ficou em tal estado que tirei dinheiro da sua bolsa, corri à floricultura e lhe mandei um imenso ramo de rosas com um cartão: Para a maior atriz do mundo, de um fervoroso admirador.

Durante uma semana ela se alimentou dessas rosas. Ficou apaziguada. Sonhadora. Quando começou a se crispar de novo, mandei-lhe um disco. E uma caixa de bombons e em seguida outro disco com o dinheiro que eu ia tirando escondido. Fiz uma pausa quando ela se impacientou, Mas por que esse imbecil de admirador não aparece nunca? Vai ver, é um negro! E rasgou o cartão. Wanda cuidava dela, cuidava de mim. E ainda achava tempo para marcar a roupa com nossas letras, tão pessoais as toalhas de banho com um dáblio e um eme bem grande em vermelho, me enrolava neles para me enxugar. Quando me deitava podia senti-los quase invisíveis bordados no canto da fronha. Ou no guardanapo. As letras tinham floreios na ponta da caneta de prata, mas eram despojadas por entre os arabescos de ferro do portão: W M. Wanda teve um momento de cólera quando mamãe descobriu que era eu quem estava lhe tirando dinheiro, as flores foram ficando mais caras. Mas no dia seguinte mesmo — era meu aniversário —, deixou no meu quarto um bolo com um W M escrito no creme de chocolate. Sentamos os três em redor do bolo. Flutuante como nos dias antigos, mamãe vestiu um longo decotado e me ofereceu uma pequena tartaruga que batizamos com vinho, Eu te batizo, Wamusa! Muito fina na sua malha de um rosa-envelhecido, Wanda dançou para mim, só para mim, desde que mamãe polidamente continuava a ignorá-la. Depois prendeu no meu pulso uma corrente com as iniciais gravadas na plaquinha de prata: W M. Beijei as letras, beijei mamãe e guardei a tartaruguinha no bolso. Minha família. Uma estranha família diferente das outras, mas nessas diferenças não estaria o nosso vínculo? Dormi mal, com um curioso sentimento de que devia ficar em vigília. Madrugada ainda, pulei da cama: em todos os meus livros e cadernos, nas capas e nas folhas internas, os dáblios e os emes se multiplicavam em todos os tamanhos e cores. Tentei apagá-los: o *crayon* e a aquarela, o carvão e o nanquim eram irremovíveis. Encontrei minha irmã na cozinha comendo uma fatia do bolo da véspera, o ar ajuizado de uma mocinha disciplinada, esperando a hora da aula de alemão. Negou mas acabou confessando, em prantos, que não pudera resistir a uma espécie de comando que a possuía e a obrigava a marcar tudo que ia encontrando, até a exaustão. Enxuguei suas lágrimas, Não se preocupe, Wanda, não se preocupe. Direi no colégio que perdi os livros, como é *esqueça* em alemão?

Os dias ocos, muitas vezes já falei sobre esses dias que vieram em seguida, quando a tempestade mudou de rumo. Ficou a brisa por entre os cabelos de minha mãe que parecia menos infeliz enquanto escrevia suas memórias. Atarefada com aulas, Wanda mostrava a carinha de quem se propõe um trabalho sério. O problema dos livros resolvido, assumi a responsabilidade com a ajuda de um psicólogo do colégio. Esse relaxar por dentro e por fora, essa calma curiosidade por uma nuvem, por uma folha que tomba e que se examina com amor e inocência — era isso ser feliz? Achei graça quando no tronco do abacateiro dei com as duas letras entalhadas a canivete, mas recuei estarrecido quando entrei no seu quarto: nas paredes, nos móveis, em superfícies e reentrâncias, no chão e nos espelhos o W M furiosamente desenhados. Ou abertos a canivete. Passei a mão na poltroninha de couro rasgada de alto a baixo, o algodão escapando do dáblio, mais eviscerado do que o eme. No canto do quarto, a tartaruguinha marcada até o cerne lívido da carapaça.

Fui cambaleando até o quarto da mamãe. Ela escrevia suas memórias mas devia estar num pedaço triste, tinha o olhar apagado. A Wanda, onde ela foi? perguntei. Mamãe apertou minha mão e começou a chorar: Mas meu querido, a Wanda morreu faz tanto tempo! Você fica falando nela, fica falando e faz tanto tempo que ela morreu! Acariciei seus cabelos que já estavam completamente grisalhos, quando deixara de pintá-los? Sim, mamãe, é claro, não falo mais, eu disse. Ela cruzou os braços na mesa e pousou neles a cabeça. Dormiu. Dormia em meio de uma frase, de um gesto, envelhecera tão rapidamente. Saí e andei sem parar. Mamãe e suas pílulas. Wanda e suas letras. O começo daquelas letras foi naquele quadro-negro? Mas o que significava isso, vontade de afirmação? De posse? Lembrei-me da sua longa enfermidade na infância, mamãe não entrou em minúcias mas se referiu ao medo que ela tinha das pessoas, do escuro. Estaria se transferindo para as iniciais? Se buscando nelas? Tanta pergunta me confundiu. Me abrasei na dúvida: e se com essa minha cumplicidade eu estivesse apenas agravando o seu estado? Acabei a noite descendo num inferninho, com uma gentil putinha sentada em meus joelhos. Tinha olhos de amêndoa doce e dentes perfeitos, devia andar pelos dezoito anos. Os ombros estreitos, a franja negra e lisa. Você é chinesa? perguntei. Só a mamãe, disse examinando a plaquinha da minha pulseira. Riu quando deu com as letras, Mas meu nome também começa assim, quer ver? E, molhando o dedo no copo, escreveu na mesa: Wing. Levei-a para um hotel. Por dois dias esqueci Wanda, mamãe, esqueci aquele eme andando de cabeça para baixo, plantado nas mãos — esqueci tudo em meio ao gozo, eu estava precisado desse gozo feito de pausas amenas, Wing só falava amenidades com sua voz mais leve do que a asa de uma borboleta. Na noite do terceiro dia, comprei para ela um pacote de cerejas — era tempo de cerejas —, deixei-a instalada no pequeno hotel com seu toca-discos e fui para casa. Encontrei Wanda de malha cor-de-rosa, estava ensaiando. Falei sobre o meu pobre amor chinês que achei na zona e ela me abraçou e rodopiou comigo, então eu tinha um amor? Quis conhecê-la imediatamente. Depois, eu prometi, depois eu a trago aqui. Foi buscar uma garrafa de vinho para comemorar: se eu estava amando, ela também amava, porque a única coisa que podia nos salvar (me encarou com gravidade) era o amor. Mamãe tinha ido ao teatro com uma amiga. Ouvimos música, bebemos, acabei dormindo ali mesmo no sofá. No sonho tão real vi Wanda aproximar-se de mim com uma expressão má. Veio devagar, bailarina pisando branda. Inclinou-se. Mas o que trazia escondido? Voltei a cara para a parede na hora em que a ponta da lâmina riscou um W e um M na palma da minha mão. Os talhes seguros, nem rasos nem fundos, na medida exata. A dor fria escorrendo devagar. Quando acordei, o sol já entrava pela janela e queimava minha boca. Não tive forças de olhar a mão que latejava. Amarrei nela um lenço e fui procurar um psiquiatra para Wanda. Indicaram-me seis, um deles era o Doutor Werebe. Wanda resistiu, tinha horror de análises, de sanatórios. Em casa, comigo e com mamãe ao lado, ainda se aguentava, mas no dia em que embarcasse nesse mar jamais voltaria, disse esfregando as mãos num pânico de criança. Tranquilizei-a, mas quem falou em internamento? Ficaria com a gente, convivendo com a nossa loucura razoável. E pedi-lhe a lâmina, o canivete: tinha que me prometer que não marcaria mais nada. Ela beijou a palma da minha mão ainda inchada e me entregou sua pulseira de iniciais, um presente para a minha Wing.

No fim desse mês mamãe morreu. A amiga atriz foi visitá-la e a encontrou caída no banheiro, segurando o vidro de pílulas. Foi acidente? perguntei, e o médico do pronto-socorro olhou-a mais demoradamente, estava serena na morte: Quem pode dizer? Comprei um ramo de rosas igual ao que ela costumava receber do admirador anônimo e Wanda então me abraçou em prantos: Quer dizer que era você? Ficamos no velório de mãos dadas, falando em voz baixa sobre mamãe. Sobre nós mesmos. A noite estava gelada, mas era quente o hálito de Wanda me contando como lhe fazia bem a análise. Contei-lhe o quanto me fazia bem o amor. Quando fui buscar a tampa do caixão, vacilei num desfalecimento, outra vez?! Fechei os olhos: sob as pontas dos dedos, apalpei as duas letras apressadamente cavadas na madeira polida. Com as unhas, tentei aplacar as farpas enquanto olhava para minha irmã ali encostada na porta, silhueta espiralada de uma bailarina em descanso. Mas por quê, Wanda? perguntei-lhe na volta do cemitério. Você tinha prometido, Wanda! Por quê? Ela não se perturbou: marcara o caixão como marcara nossos pertences, mamãe gostava, como eu, das pequenas marcas da posse. Até na morte. Onde o mal?

Ouço vozes na saleta, Doutor Werebe está conversando com a enfermeira. Então, como vão as coisas? vai me perguntar com sua simpatia profissional, nos primeiros momentos fica profissional. Como vai minha irmã? pergunto eu. Volto sempre a alguns acontecimentos que me parecem as portas do labirinto: a tarde em que encontrei Wing com os olhos inchados de tanto chorar, Por que chorou, Wing? Ela fechou as janelas, desceu as persianas e me abraçou com força, demoradamente, Entra em mim, pediu. Wing sabia que eu não gostava de nada escuro entre nós dois, fazia parte do gozo ver seus olhos se estreitando até escorrerem diluídos para dentro dos meus, Wing, a luz! Não obedeceu, ela que era obediente: Deixa ficar assim, pediu. Quando acendi o abajur, tentou esconder depressa os seios, seus lindos, seus pequeninos seios horrivelmente tatuados com um W e um M azul-marinho em cada bico. Cobri-a com o meu corpo, Wing, minha amada, por que você deixou que ela fizesse um horror desses, eu não te avisei? Não respondeu. Seu olhar atônito ficou cravado em mim, mas do que eu estava falando? Que Wanda? Pois então não me lembrava? Fomos os dois ao homem das tatuagens que prometeu ser discreto, apenas duas letrinhas — ah, por favor, não queria mais esse assunto. Eu te amo, ficou repetindo, eu te amo. Nem todas as letras do mundo iam interferir nesse amor. Quando cheguei, Wanda estava na sua poltroninha, folheando um velho álbum de retratos. Será este o pai? Será que ainda está vivo? perguntou. Quando viu que não respondi, fechou o álbum e ficou olhando para dentro de si mesma. Tomei-lhe as mãos singularmente infantis: Wanda, querida, não podemos continuar desse jeito, tenho sido seu cúmplice, fico encobrindo tudo, está errado, está errado! Agora, até Wing dizendo, para te proteger, que não foi com você ao homem das tatuagens. Quero que saiba que amanhã falo com Doutor Werebe, se ele achar que você está precisada de um tratamento mais intenso, se aconselhar o sanatório, promete que não vai resistir? Que não vai desobedecer? Ela ficou me olhando através do espelho e seu rosto secreto era um reflexo do meu. Depois ajoelhou-se aos meus pés e com a ponta do dedo escreveu um dáblio e um eme na poeira dos meus sapatos.

Apago no vidro da janela as duas letras feitas no bafo. Aqui ela não vai ser maltratada, disse o Doutor Werebe. Nem você. Fale só se tiver vontade, está me compreendendo? A chuva fortalecida faz tremer o arvoredo no meio do pátio. Começo também a tremer, por que o Doutor Werebe está demorando? Ele é bom, me dá a mão enquanto descemos juntos até a ressurreição da carne, ele me ajuda quando tropeço com a minha carga nos braços, Doutor Werebe, está pesado demais para mim! digo e ele me segura. Na realidade, Wanda não pesa mais do que uns trinta quilos, mas fica de ferro quando começamos a descida. E precisamos eu e ela ir até o fundo do fundo, lá onde fica o hotel, corro sabendo o que vou encontrar e ainda assim continuo correndo, subo a escada, abro a porta e a primeira coisa que vejo é o toca-discos ligado, a agulha girando na zona silenciosa girando girando no silêncio e a cadeira tombada não sei quanto tempo tombada e a agulha na zona encontrei Wing na zona ela sentou no meu colo e a franja e os olhos de amêndoa doce meu pobre amor chinês de ombros estreitos entra em mim pedia e o gozo cálido eu te amo eu te amo eu te amo entra em mim disse e a certeza de que ela estava fria na zona de silêncio como a agulha. Onde está você Wing?

gritei quando vi o jornal aberto no chão e a data a data com a gota de sangue respingada era a véspera pisei no respingo estatelado duro e adiante a mão pendendo para fora da cama com sua linda pulseira de prata fui subindo pelo fio sanguinolento do braço passando agachado debaixo da pulseira como o fio que escorreu sem sujá-la não esqueça esse detalhe sem sujá-la fui subindo pelo fio ressequido como fazia Wanda com sua malha subindo na letra até ficar hasteada em cima Wing Wing não abra a porta! Wanda vai pedir vai implorar mas não abra e agora esse rasgão na roupa e esse peito rasgado Wanda morreu faz tanto tempo mamãe disse e não sabia que ela era inaparente porque eu ia atrás apagando os rastros por onde ela passava mas se eu limpar essa crosta no peito de Wing vai aparecer o W M de lábios azuis de tão frios deixando entrever bem no vértice seu pequenino seu amado coração.

Lua Crescente em Amsterdã

O jovem casal parou diante do jardim e ali ficou, sem palavra ou gesto, apenas olhando. A noite cálida, sem vento. Uma menina loura surgiu na alameda de areia branco-azulada e veio correndo. Ficou a uma certa distância dos forasteiros, observando-os com curiosidade enquanto comia a fatia de bolo que tirou do bolso do avental.

— Vai me dar um pedaço deste bolo? — pediu a jovem estendendo a mão. — Me dá um pedaço, hem, menininha?

— Ela não entende — ele disse.

A jovem levou a mão até a boca.

— Comer, comer! Estou com fome — insistiu na mímica que se acelerou, exasperada. — Quero comer!

— Aqui é a Holanda, querida. Ninguém entende.

A menina foi se afastando de costas. E desatou a correr pelo mesmo caminho por onde viera. Ele adiantou-se para chamar a menina e notou então que a estreita alameda se bifurcava em dois longos braços curvos que deviam se dar as mãos lá no fim, abarcando o pequeno jardim redondo.

— Um abraço tão apertado — ele disse. — Acho que este

é o jardim do amor. Tinha lá em casa uma estatueta com um anjo nu fervendo de desejo, apesar do mármore, todo inclinado para a amada seminua, chegava a enlaçá-la. Mas as bocas a um milímetro do beijo, um pouco mais que ele abaixasse... A aflição que me davam aquelas bocas entreabertas, sem poder se juntar. Sem poder se juntar.

— Mas que língua falam em Amsterdã?

— A língua de Amsterdã — ele disse enfiando os dedos nos bolsos da jaqueta à procura de cigarros. — Teríamos que morrer e renascer aqui para entender o que falam.

— Queria tanto aquele bolo, não sente o cheiro? Queria aquele bolo, uma migalha que fosse e ficaria mastigando, mastigando e o bolo ia se espalhar em mim, na mão, no cabelo, não sente o cheiro?

Ele limpou nas calças os dedos sujos da poeira de fumo que encontrou nos bolsos.

— Vamos dormir aqui. Mas vê se para de chorar, quer que venha o guarda?

— Quero chorar.

— Então, chora.

Molemente ela se recostou numa árvore. Enlaçou-a. Os cabelos lhe caíam em abandono pela cara, mas através dos cabelos e da folhagem podia ver o céu.

— Que lua magrinha. É lua minguante?

Ele avançou até o meio da alameda e expôs a cara que se banhou na luz do céu estrelado.

— Acho que é crescente, tem o formato de um C. Vem querida, ali tem um banco.

— Não me chame mais de querida.

— Está bem, não chamo.

— Não somos mais queridos, não somos mais nada.

— Está certo. Agora, vem.

— O banco é frio, quero minha cama, quero minha cama — ela soluçou e os soluços fracamente se perderam num gemido. — Que fome. Que fome.

— Amanhã a gente...

— Quero hoje! — ela ordenou endireitando o corpo. Voltou para ele a face endurecida. — Se você me amasse mesmo, faria agora um ensopado com seu fígado, com seu coração. Meus cachorros gostavam de coração de boi, eram enormes. Não vai me fazer um ensopado com seu coração, não vai?

— Meu coração é de isopor e isopor não dá nenhum ensopado. Li uma vez que — ele acrescentou. Puxou-a com brandura: — Vem, Ana. Ali tem um banco.

— Meu coração é de verdade.

Ele riu.

— O seu? Isopor ou acrílico, na história que li o homem achou que tinha tanto sofrimento em redor, mas tanto, que não aguentou e substituiu seu coração por um de acrílico, acho que era acrílico.

— E daí?

Ele ficou olhando para os pés enegrecidos da jovem forçando as tiras das sandálias rotas. Subiu o olhar até o jeans esfiapado, pesado de poeira.

— Daí, nada. Não deu certo, ele teria que nascer outra coisa.

— Você sabia contar histórias melhores.

Sob a camiseta de algodão transparente, os pequeninos bicos dos seios pareciam friorentos. E não estava frio. Foram escurecendo durante a viagem, ele pensou. Qual era a Ana verdadeira, esta ou a outra? A que jurou amá-lo na terra, no mar, no braseiro, na neve, debaixo da ponte, na cama de ouro.

— Você mentiu, Ana.

— Quando? Quando foi que menti?

Ele desviou o olhar desinteressado.

— Vem, que amanhã a gente vai ver o museu de Rembrandt, lembra? Você disse que era o que mais queria ver no mundo.

— Tenho ódio de Rembrandt.

— Não esfregue assim a cara, Ana. Você vai se machucar.

— Quero me machucar.

— Então, se machuque. Mas vem!

— Minhas unhas eram limpas. E agora esta crosta — gemeu ela examinando os dedos em garra. Limpou a gota de sangue que lhe escorreu do arranhão aberto no queixo. — Confessa que quer seguir sozinho a viagem, que quer se ver livre de mim!

Nem isso. Não queria nada, apenas comer. E mesmo assim, sem aquele antigo empenho do começo. Gostaria também de sair dançando, a música leve, ele leve e dançando por entre as árvores até se desintegrar numa pirueta.

— Você disse que seria a menina mais feliz do mundo quando pisasse comigo em Amsterdã, lembra?

— Tenho ódio de Amsterdã. Eu era tão perfumada, tão limpa. Me sujei com você.

— Nos sujamos quando acabou o amor. Agora vem, vamos dormir naquele banco. Vem, Ana.

Ela puxou-lhe a barba.

— Quando foi que fiquei assim imunda, fala!

— Mas eu já disse, foi quando deixou de me amar.

— Mas você também — ela soqueou-lhe fracamente o peito. — Nega que você também...

— Sim, nós dois. A queda dos anjos, não tem um livro? Ah, que diferença faz. Vem.

— O banco é frio.

Quando ele a tomou pela cintura chegou a se assustar um pouco: era como se estivesse carregando uma criança, precisamente aquela menininha que fugira há pouco com seu pedaço de bolo. Quis se comover. E descobriu que se inquietara mais com o susto da menina do que com o corpo que agora carregava como se carrega uma empoeirada boneca de vitrina, sem saber o que fazer com ela. Depositou-a no banco e sentou-se ao lado. Contudo, era lua crescente. E estavam em Amsterdã. Abriu os braços. Tão oco. Leve. Poderia sair voando pelo jardim, pela cidade. Só o coração pesando — não era estranho? De onde vinha esse peso? Das lembranças? Pior do que a ausência do amor, a memória do amor.

— E onde estão os outros? Para a viagem? Você não disse que era aqui o reino deles? — perguntou ela dobrando o corpo para a frente até encostar o queixo nos joelhos. — Tudo invenção. Isso de Marte ser pedregoso, deserto. Uma vez fui lá, queria tanto voltar. Detesto este jardim.

— Perdemos o outro.

— Que outro?

A voz dela também mudara: era como se viesse do fundo de uma caverna fria. Sem saída. Se ao menos pudesse transmitir-lhe esse distanciamento. Nem piedade nem rancor.

— Você sabia, Ana? Algumas estrelas são leves assim como o ar, a gente pode carregá-las numa maleta. Uma bagagem de estrelas. Já pensou no espanto do homem que fosse roubar essa maleta? Ficaria para sempre com as mãos cintilantes, mas tão cintilantes que não poderia mais tirar as luvas.

— Olha minhas unhas. Até a menininha fugiu de mim — queixou-se ela enlaçando as pernas.

— Desconfiou que você ia avançar no seu bolo.

— Olha minhas unhas. Será que aqui também dão comida em troca de sangue?

— Não sei.

— Uma droga de comida. Aquela de Marrocos — disse ela esfregando na areia a sola da sandália.

— Nosso sangue também deve ser uma droga de sangue.

O silêncio foi se fazendo de pequenos ruídos de bichos e plantas até formar um tênue tecido que perpassava pela folhagem, enganchava-se imponderável numa folha e prosseguia em ondas até se romper no bico de um pássaro.

— Queria um chocolate quente com bolo. O creme, eu enchia uma colher de creme que se espalhava na minha boca, eu abria a boca...

Abriu a boca. Fechou os olhos.

Ele sorriu.

— Estou ouvindo uma música, a gente podia dançar. Se a gente se amasse a gente saía dançando...

Ela levantou as mãos e passou as pontas dos dedos nos cabelos. Na boca.

— E agora? O que acontece quando não se tem mais nada com o amor?

Quase ele levou de novo a mão no bolso para pegar o cigarro, onde fumara o último?

— Quando acaba o amor, sopra o vento e a gente vira outra coisa — respondeu ele.

— Que coisa?

— Sei lá. Não quero é voltar a ser gente, eu teria que conviver com as pessoas e as pessoas... — ele murmurou. — Queria ser um passarinho, vi um dia um passarinho bem de perto e achei que devia ser simples a vida de um passarinho de penas azuis, os olhinhos lustrosos. Acho que eu queria ser aquele passarinho.

— Nunca me teria como companheira, nunca. Gosto de mel, acho que quero ser borboleta. É fácil a vida de borboleta?

— É curta.

O vento soprou tão forte que a menina loura teve que parar porque o avental lhe tapou a cara. Segurou o avental, arrumou a fatia de bolo dentro do guardanapo e olhou em redor. Aproximou-se do banco vazio. Procurou os forasteiros por entre as árvores, voltou até o banco e alongou o olhar meio desapontado pela alameda também deserta. Ficou esfregando as solas dos sapatos na areia fina. Guardou o bolo no bolso e agachou-se para ver melhor o passarinho de penas azuis bicando com disciplinada voracidade a borboleta que procurava se esconder debaixo do banco de pedra.

A Mão no Ombro

O homem estranhou aquele céu verde com a lua de cera coroada por um fino galho de árvore, as folhas se desenhando nas minúcias sobre o fundo opaco. Era uma lua ou um sol apagado? Difícil saber se estava anoitecendo ou se já era manhã no jardim que tinha a luminosidade fosca de uma antiga moeda de cobre. Estranhou o úmido perfume de ervas. E o silêncio cristalizado como num quadro, com um homem (ele próprio) fazendo parte do cenário. Foi andando pela alameda atapetada de folhas cor de brasa, mas não era outono. Nem primavera, porque faltava às flores o hálito doce avisando as borboletas, não viu borboletas. Nem pássaros. Abriu a mão no tronco da figueira viva mas fria: um tronco sem formigas e sem resina, não sabia por que motivo esperava encontrar a resina vidrada nas gretas. Não era verão. Nem inverno, embora a frialdade limosa das pedras o fizesse pensar no sobretudo que deixara no cabide do escritório. Um jardim fora do tempo mas dentro do meu tempo, pensou.

O húmus que subia do chão o impregnava do mesmo torpor da paisagem. Sentiu-se oco, a sensação de leveza se misturando ao sentimento inquietante de um ser sem raízes: se abrisse as veias, não sairia nenhuma gota de sangue, não sairia nada. Apanhou uma folha. Mas que jardim era esse? Nunca estivera ali nem sabia como o encontrara. Mas sabia — e com que força — que a rotina fora quebrada porque alguma coisa ia acontecer, o quê?! Sentiu o coração disparar. Habituara-se tanto ao cotidiano sem imprevistos, sem mistérios. E agora a loucura desse jardim atravessado em seu caminho. E com estátuas, aquilo não era uma estátua?

Aproximou-se da mocinha de mármore arregaçando graciosamente o vestido para não molhar nem a saia nem os pés descalços. Uma mocinha medrosamente fútil no centro do tanque seco, pisando com cuidado, escolhendo as pedras amontoadas em redor. Mas os pés delicados tinham os vãos dos dedos corroídos por uma época em que a água chegara até eles. Uma estria negra lhe descia do alto da cabeça, deslizava pela face e se perdia ondulante no rego dos seios meio descobertos pelo corpete desatado. Notou que a estria marcara mais profundamente a face, devorando-lhe a asa esquerda do nariz. Mas por que a chuva se concentrara só naquele percurso, numa obstinação de goteira? Ficou olhando a cabeça encaracolada, os anéis se despencando na nuca que pedia carícia. Me dá sua mão que eu ajudo, ele disse e recuou: um inseto penugento, num enrodilhamento de aranha, foi saindo de dentro da pequenina orelha.

Deixou cair a folha seca, enfurnou as mãos nos bolsos e seguiu pisando com a mesma prudência da estátua. Contornou o tufo de begônias, vacilou entre os dois ciprestes (mas o que significava essa estátua?) e enveredou por uma alameda que lhe pareceu menos sombria. Um jardim inocente. E inquietante como o jogo de quebra-cabeça que o pai gostava de jogar com ele: no caprichoso desenho de um bosque onde estava o caçador escondido, tinha que achá-lo depressa para não perder a partida, Vamos, filho, procura nas nuvens, na árvore, ele não está enfolhado naquele ramo? No chão, veja no chão, não forma um boné a curva ali do regato?

Está na escada, ele respondeu. Esse caçador familiarmente singular que viria por detrás, na direção do banco de pedra onde ia se sentar. Logo ali adiante tinha um banco. Para não me surpreender desprevenido (detestava surpresas) discretamente ele daria algum sinal antes de pousar a mão no meu ombro. Então eu me voltaria para ver. Estacou. A revelação o fez cambalear numa vertigem, agora sabia. Fechou os olhos e se encolheu quase tocando os joelhos no chão. O sinal seria como uma folha tombando em seu ombro, mas se olhasse para trás, se atendesse o chamado! Foi endireitando o corpo. Passou as mãos nos cabelos. Sentiu-se observado pelo jardim, julgado até pela roseira de rosas miúdas numa expressão reticente logo adiante. Envergonhou--se. Meu Deus, murmurou num tom de quem pede desculpas por ter entrado em pânico assim com essa facilidade, meu Deus, que papel miserável, e se for um amigo? Simplesmente um amigo? Começou a assobiar e as primeiras notas da melodia o transportaram ao menino antigo com sua roupa de Senhor dos Passos na procissão de Sexta-Feira Santa. O Cristo cresceu no esquife de vidro, oscilando suspenso sobre as cabeças, Me levanta, mãe, quero ver! Mas Ele continuava alto demais, tanto na procissão como depois, lá na igreja, deposto no estrado de panos roxos, fora do esquife para o beija-mão. O remorso velando as caras. O medo atrofiando a marcha dos pés tímidos atrás do Filho de Deus, o que mais nos espera, se até com Ele... A vontade de que o pesadelo acabasse logo e amanhecesse sábado, ressuscitar na Aleluia do sábado! Mas a hora ainda era a da música da banda de batas pretas. Das tochas. Dos turíbulos atirados para os lados, vupt! vupt!, até o extremo das correntes. Falta muito, mãe? A vontade de evasão de tudo quanto era grave e profundo certamente vinha dessa noite: os planos de fuga na primeira esquina, desvencilhar-se da coroa de falsos espinhos, da capa vermelha, fugir do morto tão divino, mas morto! A procissão seguia por ruas determinadas, era fácil se desviar dela, descobriu mais tarde. O que continuava difícil era fugir de si mesmo. No fundo secreto, fonte de ansiedade, era sempre noite — os espinhos verdadeiros lhe espetando a carne, ô! por que não amanhece? Quero amanhecer!

Sentou-se no banco verde de musgo, tudo em redor mais quieto e mais úmido agora que chegara ao âmago do jardim. Correu as pontas dos dedos no musgo e achou-o sensível como se lhe brotasse da própria boca. Examinou as unhas. E abaixou-se para tirar a teia de aranha que se colara despedaçada à bainha da calça: o trapezista de malha branca (foi na estreia do circo?) despencou do trapézio lá em cima, varou a rede e se estatelou no picadeiro. A tia tapou-lhe depressa os olhos, Não olhe, querido! mas por entre os dedos enluvados viu o corpo se debater sob a rede que foi arrastada na queda. As contorções se espaçaram até à imobilidade, só a perna de inseto vibrando ainda. Quando a tia o carregou para fora do circo, o pé em ponta escapava pela rede estraçalhada num último estremecimento. Olhou para o próprio pé adormecido, tentou movê-lo. Mas a dormência já subia até o joelho. Solidário, o braço esquerdo adormeceu em seguida, um pobre braço de chumbo, pensou enternecido com a lembrança de quando aprendera que alquimia era transformar metais vis em ouro, o chumbo era vil? Com a mão direita recolheu o braço que pendia, avulso. Bondosamente colocou-o sobre os joelhos: já não podia fugir. E fugir para onde se tudo naquele jardim parecia dar na escada? Por ela viria o caçador de boné, sereno habitante de um jardim eterno, só ele mortal. A exceção. E se cheguei até aqui é porque vou morrer. Já? horrorizou-se olhando para os lados mas evitando olhar para trás. A vertigem o fez fechar de novo os olhos. Equilibrou-se tentando se agarrar ao banco, Não quero! gritou. Agora não, meu Deus, espera um pouco, ainda não estou preparado! Calou-se, ouvindo os passos que desciam tranquilamente a escada. Mais tênue que a brisa, um sopro pareceu reavivar a alameda. Agora está nas minhas costas, ele pensou e sentiu o braço se estender na direção do seu ombro. Ouviu a mão ir baixando numa crispação de quem (familiar e contudo cerimonioso) dá um sinal, Sou eu. O toque manso. Preciso acordar, ordenou se contraindo inteiro, isso é apenas um sonho! Preciso acordar! acordar. Acordar, ficou repetindo e abriu os olhos.

Demorou um pouco para reconhecer o travesseiro que apertava contra o peito. Limpou a baba morna que lhe escorria pelo queixo e puxou o cobertor até os ombros. Que sonho! murmurou abrindo e fechando a mão esquerda, formigante, pesada. Estendeu a perna e quando a mulher abriu a janela e perguntou se tinha dormido bem, quis contar-lhe o sonho do jardim com a Morte vindo por detrás: sonhei que ia morrer. Mas ela podia gracejar, a novidade não seria sonhar o contrário? Virou-se para a parede. Não queria nenhum tipo de resposta do gênero bem-humorado, como era irritante quando ela exibia seu bom humor. Gostava de se divertir à custa dos outros, mas se encrespava quando se divertiam à sua custa. Massageou o braço dolorido e deu uma vaga resposta quando ela lhe perguntou que gravata queria usar, estava um dia lindo. Era dia ou noite no jardim? Tantas vezes pensara na morte dos outros, entrara mesmo na intimidade de algumas dessas mortes e jamais imaginara que pudesse lhe acontecer o mesmo, jamais. Um dia, quem sabe? Um dia tão longe, mas tão longe que a vista não alcançava essa lonjura, ele próprio se perdendo na poeira de uma velhice remota, diluído no esquecimento. No nada. E agora, nem cinquenta anos. Examinou o braço, os dedos. Levantou-se molemente, vestiu o chambre, não era estranho? Isso de não ter pensado em fugir do jardim. Voltou-se para a janela e estendeu a mão para o sol. Pensei, é claro, mas a perna desatarraxada e o braço advertindo que não podia escapar porque todos os caminhos iam dar na escada, que não havia nada a fazer senão ficar ali no banco, esperando o chamado que viria por detrás, de uma delicadeza implacável. E então? perguntou-lhe a mulher. Assustou-se. Então o quê?! Ela passava creme na cara, fiscalizando-o através do espelho, mas ele não ia fazer sua ginástica? Hoje não, disse massageando de leve a nuca, chega de ginástica. Chega também de banho? ela perguntou enquanto dava tapinhas no queixo. Ele calçou os chinelos: se não estivesse tão cansado, poderia odiá-la. E como desafina! (agora ela cantarolava) nunca teve bom ouvido, a voz até que é agradável, mas se não tem bom ouvido... Parou no meio do quarto: o inseto saindo do ouvido da estátua não seria um sinal? Só o inseto se movimentando no jardim parado. O inseto e a morte. Apanhou o maço de cigarro, mas deixou-o, hoje fumaria menos. Abriu os braços: esse dolorimento na gaiola do peito era real ou memória do sonho?

Tive um sonho, ele disse passando por detrás da mulher e tocando-lhe o ombro. Ela afetou curiosidade no leve arquear das sobrancelhas, Um sonho? E recomeçou a espalhar o creme em torno dos olhos, preocupada demais com a própria beleza para pensar em qualquer coisa que não tivesse relação com essa beleza. Que já está perdendo o viço, ele resmungou ao entrar no banheiro. Examinou-se no espelho: estava mais magro ou essa imagem era apenas um eco multiplicador do jardim?

Cumpriu a rotina da manhã com uma curiosidade comovida, atento aos menores gestos que sempre repetiu automaticamente e que agora analisava, fragmentando-os em câmara lenta, como se fosse a primeira vez que abria uma torneira. Podia também ser a última. Fechou-a, mas que sentimento era esse? Despedia-se e estava chegando. Ligou o aparelho de barbear, examinou-o através do espelho e num movimento caricioso aproximou-o da face: não sabia que amava assim a vida. Essa vida da qual falava com tamanho sarcasmo, com tamanho desprezo. Acho que ainda não estou preparado, foi o que tentei dizer. Não estou preparado. Seria uma morte repentina, coisa do coração — mas não é o que eu detesto? O imprevisto, a mudança dos planos. Enxugou-se com indulgente ironia: era exatamente isso o que todos diziam. Os que iam morrer. E nunca pensaram sequer em se preparar, até o avô velhíssimo, quase cem anos e alarmado com a chegada do padre, Mas está na hora? Já?

Tomou o café em goles miúdos, como era gostoso o primeiro café. A manteiga se derretendo no pão aquecido. O perfume das maçãs de mistura com outro perfume, vindo de onde? Jasmins? Os pequeninos prazeres. Baixou o olhar para a mesa posta: os pequenos objetos. Ao entregar-lhe o jornal, a mulher lembrou que tinham dois compromissos para a noite, um coquetel e um jantar, E se emendássemos? ela sugeriu. Sim, emendar, ele disse. Mas não era o que faziam ano após ano, sem interrupção? O brilhante fio mundano era desenrolado infinitamente, Sim, emendaremos, repetiu. E afastou o jornal: mais importante do que todos os jornais do mundo era agora o raio de sol trespassando as uvas do prato. Colheu um bago cor de mel e pensou que se houvesse uma abelha no jardim do sonho, ao menos uma abelha, podia ter esperança. Olhou para a mulher que passava geleia de laranja na torrada, uma gota amarelo-ouro escorrendo-lhe pelo dedo e ela rindo e lambendo o dedo, mas há quanto tempo tinha acabado o amor? Ficara esse jogo. Essa acomodada representação já em decadência por desfastio, preguiça. Estendeu a mão para acariciar-lhe a cabeça, Que pena, disse. Ela voltou-se, Pena por quê? Ele demorou o olhar em seus cabelos encaracolados como os da estátua: Uma pena aquele inseto, disse. E a perna ficar metálica na metamorfose final. Não se importe, estou delirando. Serviu-se de mais café. Mas estremeceu quando ela lhe perguntou se por acaso não estava atrasado.

Hoje entraria mais tarde, queria fumar um último cigarro. Teria dito *último*! Beijou o filho de uniforme azul, entretido em arrumar a pasta do colégio, exatamente como fizera na véspera. Como se não soubesse que naquela manhã (ou noite?) o pai quase olhara a morte nos olhos. Mais um pouco e dou de cara com ela, segredou ao menino que não ouviu, conversava com o copeiro. Se não acordo antes, disse para a mulher que se debruçou na janela para avisar ao motorista que tirasse o carro. Vestiu o paletó: podia dizer o que quisesse, ninguém se interessava. E por acaso eu me interesso pelo que dizem ou fazem? Afagou o cachorro que veio saudá-lo com uma alegria tão cheia de saudade que se comoveu, não era extraordinário? A mulher, o filho, os empregados — todos continuavam impermeáveis, só o cachorro sentia o perigo com seu faro visionário. Acendeu o cigarro atento à chama do palito queimando até o fim. Vagamente, de algum cômodo da casa, veio a voz do locutor de rádio na previsão do tempo. Quando se levantou, a mulher e o filho já tinham saído. Ficou olhando o café esfriando no fundo da xícara. O beijo que lhe deram foi tão automático que nem sequer se lembrava agora de ter sido beijado.

Telefone para o senhor, o copeiro veio avisar. Encarou-o: há mais de três anos aquele homem trabalhava ali ao lado e quase nada sabia sobre ele. Baixou a cabeça e fez um gesto de quem se recusa e se desculpa. Tanta pressa nas relações dentro de casa. Lá fora, um empresário de sucesso casado com uma mulher na moda. A outra fora igualmente ambiciosa mas não tinha charme e era preciso charme para investir nas festas, nas roupas. Investir no corpo, A gente tem que se preparar como se todos os dias tivesse um encontro de amor, ela repetiu mais de uma vez. Olha aí, não me distraio, nenhum sinal de barriga! A distração era de outro gênero. O doce distraimento de quem tem a vida pela frente, mas não tenho? Deixou cair o cigarro dentro da xícara: agora, não mais. O sonho do jardim interrompera o fluxo da sua vida num corte. O incrível sonho fluindo tão natural, apesar da escada com seus degraus esburacados de tão gastos. Apesar dos passos do caçador embutido, pisando na areia da malícia fina até o toque no ombro.

Entrou no carro, ligou o contato. O pé esquerdo resvalou para o lado, recusando-se a obedecer. Repetiu o comando com mais energia e o pé resistindo. Tentou mais vezes. Não perder a calma, não se afobar, foi repetindo enquanto desligava a chave. Fechou o vidro. O silêncio. A quietude. De onde vinha esse perfume de ervas úmidas? Descansou no assento as mãos desinteressadas. A paisagem foi se aproximando numa aura de cobre velho, estava clareando ou escurecia? Levantou a cabeça para o céu esverdinhado, com a lua de calva exposta, coroada de folhas. Vacilou na alameda bordejada pela folhagem escura, Mas o que é isso, estou no jardim? De novo? E agora acordado, espantou-se, examinando a gravata que ela escolhera para esse dia. Tocou na figueira, sim, outra vez a figueira. Enveredou pela alameda: um pouco mais e chegaria ao tanque seco. A moça dos pés cariados ainda estava em suspenso, sem se decidir, com medo de molhar os pés. Como ele mesmo, tanto cuidado em não se comprometer nunca, em não assumir a não ser as superfícies. Uma vela para Deus, outra para o Diabo. Sorriu das próprias mãos abertas, se oferecendo. Passei a vida assim, pensou, mergulhando-as nos bolsos num desesperado impulso de aprofundamento. Afastou-se antes que o inseto fofo irrompesse de novo de dentro da pequenina orelha, não era absurdo? Isso da realidade imitar o sonho num jogo onde a memória se sujeitava ao planificado. Planificado por quem? Assobiou e o Cristo da procissão foi se esboçando no esquife indevassável, tão alto. A mãe enrolou-o depressa no xale, a roupa do Senhor dos Passos era leve e tinha esfriado, Está com frio, filho? Tudo agora se passava mais rápido ou era apenas impressão? A marcha funeral se precipitou em meio das tochas e correntes, soprando fumaça e brasa. E se eu tivesse mais uma chance? gritou. Tarde, porque o Cristo já ia longe.

O banco no centro do jardim. Afastou a teia despedaçada e entre os dedos musgosos como o banco vislumbrou o corpo do antigo trapezista enredado nos fios da rede, só a perna viva. Fez-lhe um afago e a perna não reagiu. Sentiu o braço tombar, metálico, como era a alquimia? Se não fosse o chumbo derretido que agora lhe atingia o peito, sairia rodopiando pela alameda, Descobri! Descobri. A alegria era quase insuportável: da primeira vez escapei acordando. Agora vou escapar dormindo. Não era simples? Recostou a cabeça no espaldar do banco, mas não era sutil? Enganar assim essa morte saindo pela porta do sono. Preciso dormir, murmurou fechando os olhos. Por entre a sonolência verde-cinza, viu que retomava o sonho no ponto exato em que fora interrompido. A escada. Os passos. Sentiu o ombro tocado de leve. Voltou-se.

A Presença

Quando entrou pela alameda de pedregulhos e parou o carro defronte do hotel, o casal de velhos que passeava pelo gramado afastou-se rapidamente e ficou espiando de longe. O velho porteiro que o atendeu no balcão de recepção também teve um movimento de recuo. Ele pousou a mala no chão e pediu um apartamento. Por quanto tempo? Não estava bem certo, talvez uns vinte dias. Ou mais. O porteiro examinou-o da cabeça aos pés. Forçou o sorriso paternal, disfarçando o espanto com uma cordialidade exagerada, Mas o jovem queria um apartamento? Ali, *naquele* hotel?! Mas era um hotel só de velhos, quase todos moradores fixos antiquíssimos, que graça um hotel desses podia ter para um jovem? Depois das nove da noite, silêncio absoluto, porque todos dormiam cedíssimo. E a comida tão insípida, sem gordura, sem sal, com pratos sem nenhuma imaginação dentro de dietas rigorosas — pois não eram todos velhos? E os velhos têm problemas de saúde, tantas doenças reais e imaginárias, artritismo, bronquite crônica, asma, pressão alta, flebite, enfisema pulmonar... Sem falar nas doenças mais dramáticas. Ocioso enumerar tudo. A própria velhice já era uma doença. Um jovem assim saudável passar suas férias num hotel tão frio quanto um hospital?! Nos hospitais ao menos havia uma esperança, a dos pacientes saírem curados, mas a doença da velhice era sem cura e com a agravante de piorar com o tempo. Injusto oferecer-lhe esse quadro de decadência que apesar de mascarada (os hóspedes pertenciam à burguesia) era por demais deprimente. O prazer com que a juventude se vê refletida num espelho! Mas a velhice ali concentrada chegava a ser tão cruel que os espelhos acabaram por ser afastados. Na última reforma, foram removidos os espelhos que apresentavam sinais mais acentuados de decomposição nas manchas porosas e bordas amarelecidas, contraídas sob o cristal como um fino papel queimando brandamente. Com esses, foram levados também os espelhos maiores, da sala de refeições e que ainda estavam em bom estado. A substituição nunca foi providenciada e nem se voltou a falar no assunto, mas seria mesmo preciso? Era evidente o alívio dos hóspedes livres daquelas testemunhas geladas, captando-os em todos os ângulos: mais do que suficientes os espelhos menores dos banheiros, apenas o essencial para uma barba, um penteado. Um irrisório carmim. E a quantidade de espelhos na inauguração do hotel! Estaria o jovem com disposição para ouvir mais? Bem, tinha sido há cinquenta anos. Nessa época, não passava de um rapazola que ajudava a carregar a bagagem. As famílias chegavam com os carros pojados de malas, caixas, pajens, crianças, bicicletas. Nas longas temporadas de verão, a piscina (que ainda se conservava apesar dos rachões) ficava fervilhante. As danças até de madrugada. O jogo. E as competições na quadra de tênis, as cavalgadas pelo campo, o hotel dispunha de ótimos cavalos. Charretes. Mas aos poucos os hóspedes mais velhos foram dominando à medida que os mais jovens começaram a rarear, não sabia explicar o motivo, o fato é que a transformação — embora lenta — fora definitiva. Um hotel-mausoléu. Que jovem podia se sentir bem num hotel assim? Se ele prosseguisse pela mesma estrada por onde viera, alguns quilômetros adiante encontraria um hotel excelente, tinha várias setas indicando o caminho, ficava num bosque bastante aprazível. E pelo que ouvira contar o ambiente era alegre. Jovial.

Ele tirou os documentos do bolso da jaqueta de couro e colocou-os no mármore do balcão: queria um apartamento nesse hotel e só não insistiria se o regulamento tivesse uma cláusula que proibisse um jovem de vinte e cinco anos de hospedar-se ali.

O velho porteiro passou as pontas dos dedos vacilantes na gola puída do uniforme pardo. Já não sorria quando examinou os documentos do recém-chegado. Devolveu-os. Os olhos de um azul-pálido estavam frios. Talvez não tivesse sido suficientemente claro, talvez, mas o fato é que se ele não se importava com a presença dos velhos, era bem provável que os velhos se importassem (e quanto!) com a sua presença. Tão fácil de entender, como um jovem assim sagaz não entendia? Os velhos formavam uma comunidade com seus usos e costumes. Uniram-se e a antiga fragilidade, tão agredida além daqueles portões, foi se transformando numa força. Num sistema. Eram seres obstinados. Na secreta luta para garantir a sobrevivência, perderam a memória do mundo que os rejeitara e se não eram felizes, pelo menos conseguiram isso, a segurança. O direito de morrer em paz. No segundo andar do hotel, por exemplo, vivia uma atriz de revista que fora muito famosa. Muito amada. Reduzida agora a um simples destroço, fechara-se na sua concha, apavorada com a curiosidade do público, com o realismo da imprensa ávida por fotografá-la na sua solidão, Mas o que vocês querem de mim? ela gritou ao repórter que conseguiu apanhá-la numa cilada e publicar a foto com a manchete que a fez chorar dois dias. Quando o elevador quebrou, só ela, que ainda andava com certa agilidade, continuou no segundo andar, os outros foram transferidos para o primeiro por causa da escada. Nesse andar morava um antigo ídolo do atletismo que chegara a duas olimpíadas. Vivia numa cadeira de rodas. E como não lia jornais nem ligava a televisão (quem quisesse, tinha seu televisor particular) conseguira esquecer que a corrida com a tocha acesa prosseguia gloriosa sem ele. Esqueceu, assim como foi esquecido. As medalhas e os troféus que nos primeiros tempos de invalidez não podia nem ver estavam agora expostos na estante do seu quarto, às vezes os olhava, mas sem a antiga emoção, integrados na sua senilidade como o saco de água quente ou a cadeira. O vizinho ao lado era um comerciante esclerosado que em poucos anos regredira à juventude, depois à adolescência e agora estava ficando criança de novo. Mas uma criança que era protegida até pelo mais neurastênico dos hóspedes, um homossexual que morava com um gato velhíssimo. Tivera na mocidade uma experiência trágica: quando o amigo tentou matá-lo, todos ficaram sabendo o que destemperadamente procurara esconder, ambos tinham família e eram conhecidíssimos. Hoje, é claro, ninguém se importava com isso, mas naquele tempo era só rejeição. Sofrimento. Reencontrara um certo equilíbrio naquele hotel, vendo as gêmeas da paciência abrir o leque do baralho no taciturno jogo do silêncio. Ouvindo a gorda solteirona do bandolim tocar pontualmente aos sábados. Relendo na pequena biblioteca (escassos volumes já gastos) *Os Três Mosqueteiros*. Ou *O Conde de Monte Cristo*. Uma tênue cinza baixara sobre essas cabeças. Sobre seus guardados. E agora chegava um jovem para ficar. Para lembrar (e com que veemência!) o que todos já tinham perdido, beleza. Amor. Um jovem com dentes, músculos e sexo, perfeito como um deus — Não, não precisava rir! —, a antiga medida de todas as coisas. Essa medida eles já tinham esquecido. Com sua simples presença, iria revolver tudo: a revolução da memória. E passara o tempo das revoluções, ninguém queria renovar, mas conservar. Assegurar essa sobrevida, o que já significava um verdadeiro heroísmo, os mais fracos tinham morrido todos. Restaram esses, empenhados numa luta terrível porque dissimulada, eram dissimulados — será que estava sendo claro? Não eram bons.

Ele acendeu o cigarro e ofereceu outro ao porteiro que agradeceu, não podia fumar. Olhou o lustre com longos pingentes de cristal em formato de lágrimas pesadas de poeira. Sorriu enquanto apontava na direção do pequeno elevador dourado e redondo, Mas é lindo, parece uma gaiola! Abriu o zíper da jaqueta de couro, fazia calor. O porteiro inclinou-se sobre o grosso caderno de registro, molhou a caneta no tinteiro, mas ficou com a mão parada no ar. Arqueou as sobrancelhas fatigadas: será que o amigo não percebia que ia ser importuno? Um intruso? Representava o direito do avesso. Ou o avesso desse direito? O problema é que ele, um simples porteiro, não podia sequer defendê-lo se a comunidade decidisse sutilmente pela sua exclusão. Por mais tolos que esses velhos pudessem parecer, guardavam o segredo de uma sabedoria que se afiava na pedra da morte. Era preciso lembrar que usariam de *todos* os recursos para que as regras do jogo fossem cumpridas: até onde poderia chegar o ódio por aquele que viera humilhá-los, irônico, provocativo, tumultuando a partida? O jovem se animara com a ideia da piscina. Mas se nessa mesma piscina coalhada de folhas aparecesse uma manhã seu belo corpo boiando, tão desligado quanto as folhas? Eles fechariam depressa a porta, devido à correnteza de vento, os velhos não gostam de vento. E voltariam satisfeitos aos seus assuntos. Ao seu joguinho dos domingos, aquele loto tão alegre, os cartões sendo cobertos com grãos de milho enquanto o anunciador (nenhum estranho por perto?) vai cantando os números com as brincadeiras de costume, sempre as mesmas porque eles se divertem com as repetições, como as crianças: número vinte e dois, dois patinhos na lagoa! Quarenta e quatro, bico de pato! Número três, gato escocês! Tão brincalhões esses velhinhos...

O jovem riu, tirou os óculos escuros e sua fisionomia se acendeu, tinha lâminas douradas no fundo das pupilas. Por acaso o porteiro lia romance policial, os romances da velhinha inglesa? Não? Ah, preferia palavras cruzadas. Apanhou a mala. Se possível, um apartamento no segundo andar. O jantar era às sete, não? Ótimo, tinha tempo para dar umas boas braçadas, a tarde estava uma delícia. Nenhuma importância se a piscina estava abandonada, a água não era corrente? Pediria apenas que lhe levassem um pouco de gelo, gostava de bebericar na piscina. Não, não precisava de uísque, trouxera sua marca.

Uma velhinha de gargantilha lilás cruzou o saguão na sua cadeira de rodas, empurrada por uma calma enfermeira de touca: ia gesticulando, brava, deixando escapar resmungos por entre as gengivas duras, enquanto a outra seguia atrás, voltando-se para os lados e sorrindo, *Poor, poor darling!* Hoje está meio irritada, mas também, com oitenta e nove anos!... *Poor, poor darling!* O recém-chegado fez uma profunda reverência na direção de ambas e voltou-se para o porteiro que mostrava num sorriso constrangido, a dentadura opaca. Quer dizer que insistia mesmo em ficar? Bem, tinha um apartamento bastante ensolarado no segundo andar, dando para a piscina. Espero que o senhor fique satisfeito, acrescentou enquanto fazia sinal para um velho de avental até os joelhos. Por favor, pode conduzir o novo hóspede? Em largas passadas o jovem galgou os degraus de veludo vermelho e foi esperar o empregado lá em cima, segurando a mala que em vão o velho tentou levar. Quando entrou no apartamento seguido pelo empregado com seu molho de chaves, aspirou com uma expressão de prazer o esmaecido perfume que parecia vir dos móveis antiquados, lavanda? E perguntou, enquanto abria a mala, se por ali não havia fantasmas, sempre sonhara com um hotel de fantasmas. Os fantasmas somos nós, respondeu-lhe o velho e ele riu alto. Tirou a garrafa de uísque da mala. Ligou o rádio.

Quando subiu ao trampolim, notou um vulto que espiava através da cortina rendada de uma das janelas. Baixou o olhar divertido para a água de um verde profundo, onde as folhas boiavam num ondulado calmo. Abriu os braços. Saltou. Enquanto nadava de costas, entreviu uma cabeça branca na fresta de uma janela do primeiro andar. Logo apareceu outra cabeça (de homem?) que ficou um pouco atrás, na sombra. Chegou-lhe vagamente o fiapo triturado de uma discussão antes que a janela se fechasse com força. Ele deitou-se no banco de pedra e ali ficou de braços pendentes, a tanga vermelha escorrendo água, os olhos cerrados. Passou cariciosamente as pontas dos dedos no peito onde os pelos dourados de sol já começavam a secar. Riu silenciosamente enquanto apanhava o copo que deixara no chão: seus movimentos se fragmentavam em câmara lenta, calculados.

No jantar, antes mesmo de provar a comida, despejou o sal, o molho inglês, a pimenta e bateu palmas vigorosas para os três velhos músicos — um pianista, um violinista e o careca do rabecão — que tocaram antigas peças que alguns hóspedes (poucos desceram para o jantar) ouviram imperturbáveis. Achou um certo amargor na goiabada com queijo.

Ao se deitar, depois de ter tomado o chá servido às vinte e uma horas, ele já não se sentia bem.

Noturno Amarelo

Vi as estrelas. Mas não vi a lua, embora sua luminosidade se derramasse pela estrada. Apanhei um pedregulho e fechei-o com força na mão. Por onde andará a lua? perguntei. Fernando arrancou o paletó no auge da impaciência e perguntou com voz esganiçada se eu pretendia ficar a noite inteira ali de estátua, enquanto ele teria que encher o tanque naquela escuridão de merda, porque ninguém lhe passava o raio da lanterna. Inclinei-me para dentro do carro de portas escancaradas, outra forma que ele tinha de manifestar o mau humor era deixar gavetas e portas escancaradas. Que eu ia fechando em silêncio, com ódio igual ou maior. Fiquei olhando o relógio embutido no painel.

— Onde está a lanterna?

— Mas onde poderia estar uma lanterna senão no porta-luvas, a princesa esqueceu?

Através do vidro, a estrela maior (Vênus?) pulsava reflexos azuis. Gostaria de estar numa nave, mas com o motor desligado, sem ruído, sem nada. Quieta. Ou neste carro silencioso, mas sem ele. Já fazia algum tempo que queria estar sem ele, mesmo com o problema de ter acabado a gasolina.

— As coisas ficariam mais fáceis se você fosse menos grosso — eu disse, entreabrindo a mão e experimentando a lanterna no pedregulho que achei na estrada.

— Está bem, minha princesa, se não for muito incômodo, será que podia me passar a lanterninha?

Quando me lembro dessa noite (e estou sempre lembrando) me vejo repartida em dois momentos: antes e depois. Antes, as pequenas palavras, os pequenos gestos, os pequenos amores culminando nesse Fernando, aventura medíocre de gozo breve e convivência comprida. Se ao menos ele não fizesse aquela voz para perguntar se por acaso alguém tinha levado a sua caneta. Se por acaso alguém tinha pensado em comprar um novo fio dental porque este estava no fim. Não está, respondi, é que ele se enredou lá dentro, se a gente tirar esta plaqueta (tentei levantar a plaqueta) a gente vê que o rolo está inteiro mas enredado e quando o fio se enreda desse jeito, nunca mais!, melhor jogar fora e começar outro rolo. Não joguei. Anos e anos tentando desenredar o fio impossível, medo da solidão? Medo de me encontrar quando tão ardentemente me buscava?

— Dama-da-noite — eu disse, respirando de boca aberta o perfume que o vento trouxe de repente. — E vem daquele lado.

— Se o jantar não for bom, juro que viro a mesa — disse ele com sua falsa calma. Destapou o vasilhame. — Estou a fim de comer peixe, será que vai ter peixe?

O ruído do fiozinho de gasolina caindo no tanque. Os ruídos miúdos vindos da terra. Fui andando na direção *daquele lado*, conduzida pelo perfume que ficou mais pesado enquanto eu ia ficando mais leve. Agora, eu quase corria pela margem da estrada, as pontas franjadas do meu xale se abrindo em asa, fechei-as no peito. E atravessei a faixa de mato rasteiro que bordejava o caminho, a barra do meu vestido se prendendo nos galhinhos secos, poderia arregaçá-lo, mas era excitante me sentir assim, delicadamente retida pelos carrapichos (não eram carrapichos?) que eu acabava arrastando. Segui pela vereda. Tão familiar. Como a casa lá adiante, lá estava a casa alta e branca fora do tempo, mas dentro do jardim. O perfume que me servira de guia estava agora diluído, como se cumprida a tarefa, relaxasse agora num esvaimento, posso? Vi as estrelas maiores nessa noite dentro da noite. Com naturalidade abri o portão e o som dos gonzos me saudou com a antiga ranhetice de dentes doloridos sob a crosta da ferrugem, entra logo, menina, entra! A folhagem completamente parada. Uma luz acendeu no andar superior da casa. Outra janela acendeu em seguida. No andar inferior, três das janelas projetaram sucessivamente seus fachos amarelos até a varanda: nas colunas de tijolinhos vermelhos as flores branquíssimas das trepadeiras pareciam feitas de material fosforescente. Então Ifigênia apareceu na porta principal, o avental nítido no fundo preto do vestido. Levou as mãos à cara, numa alegria infantil. Voltou-se para dentro.

— É dona Laurinha! Que bom que a senhora veio, dona Laurinha, que bom!

Abracei-a. Cheirava a bolo.

— Bolo de fubá?

— Lógico — disse me examinando. Viera ao meu encontro na alameda e agora parava para me ver melhor: — A senhora está de vestido novo, não é novo?

Tomei-lhe o braço. Andava com dificuldade, as pernas curtas, inchadas. Ficamos um instante na varanda e sem saber por que (na hora eu não soube por quê) evitei ficar muito exposta à luz da janela. Puxei-a para mais perto de mim.

— Estão todos aí?

Ela respondeu num tom secreto.

— Só falta o Rodrigo.

Apoiei-me na coluna.

— Mas ele não está no sanatório?

— Saiu faz duas semanas, a senhora não sabia? Mas fique

sossegada, dona Laurinha, agora ele está melhor, mudou tanto — disse e tomou a ponta do meu xale examinando a tessitura mais nos dedos do que através das grossas lentes dos óculos. — Acho que esse ponto é o mesmo da manta que fiz pra Avó, lembra? Só que usei uma lã mais grossa. Acho lindo xale branco, fiz pra dona Eduarda com linha de seda.

Interrompi seu devaneio, mas e o Rodrigo? O médico tinha dito que ele teria de ficar no mínimo mais seis meses, não foi o que os médicos disseram? Tinha fugido? Ele fugiu, Ifigênia? Agora ela fechava o xale em redor do meu ombro e seu gesto era o mesmo com que enrolava em meu pescoço uma meia embebida em álcool, um santo remédio pra dor de garganta, mas não pode mexer, menina. Ah, e tem que ser o pé de meia verde do pai. Mas espera, o Rodrigo: ele então parou de beber?

— Parou completamente. E está ajuizado, a senhora lembra como ele falava gritando? Agora fala baixinho, mudou mesmo, acho até que sarou — disse apertando os olhos para me ver. Estranhou meu cabelo curto, gostava mais quando eu usava assim comprido até o ombro, por que cortou, dona Laurinha, por que cortou?

— É que eu não sou mais aquela jovenzinha.

Ela protestou meio distraidamente, interessada ainda no xale, há de ver que paguei uma fortuna, não? Por que não lhe pedi que fizesse um? Impeliu-me para dentro da casa: tinha acendido a lareira com uma lenha sequinha, estava um fogo tão limpo.

— E não tentou mais, Ifigênia? Me responda, ele não tentou mais?

Ela arqueou as sobrancelhas inocentes, Se matar?

— Não, dona Laurinha, não tentou mais nem vai tentar, Deus é grande, um menino tão bom.

O vestíbulo de paredes forradas com o desbotado papel bege, salpicado de rosinhas pálidas. O retrato de Pedro I na pesada moldura de ouro gasto, circundado pelos retratos de homens severos e mulheres rígidas nos seus tafetás pretos.

O rendilhado das traças avançando audaz na gola de renda de minha avó portuguesa até a fronteira do queixo sépia. A vitrina dos bibelôs de porcelana e jade. A larga passadeira de veludo vermelho ao longo do corredor — ponte silenciosa se oferecendo para me transportar ao âmago, do quê?!

— E tem também biscoito de polvilho, como a senhora gosta — anunciou Ifigênia tirando o meu xale. Dobrou-o no braço com gestos melífluos. — Estou pensando sempre em fazer a vontade dos outros, mas os outros não pensam nunca em fazer a minha vontade. Uma coisa que eu queria tanto, que pedi tanto, será que a senhora ainda se lembra?

Enlacei-a: mas eu me lembrava, sim, a viagem! Prometera que a levaria de carro até Aparecida do Norte, queria cumprir uma promessa e me ofereci então para levá-la, convenci-a mesmo a desistir da reserva da passagem de ônibus, deixa que eu levo. Não levei.

— Mas não foi por mal, Ifigênia, é que fui adiando, adiando e acabei me esquecendo. Me perdoa?

— Perdoar o quê? — ouvi alguém perguntar atrás de mim, Ducha?

Ela gostava de chegar assim sorrateira, na ponta das sapatilhas da cor do papel da parede. Notei que seu busto continuava tímido sob a malha preta de balé e ainda fina a cintura de menina, treze anos? Beijou-me com seu jeitinho polido, afetando indiferença. Tive que me conter para não puxá-la pelo cabelo, sua bobinha, bobinha!

— É que sua irmã prometeu me levar de carro até Aparecida e até hoje estou esperando — disse Ifigênia. Acariciava o xale dobrado no braço como se acaricia um gato. — Se eu soubesse, ia de ônibus.

Ducha compôs a pose de bailarina em repouso. Olhou para o teto.

— Ela também me prometeu uma coisa e não cumpriu. Era uma troca. Eu daria o suéter amarelo e ela me daria o espelho grande, aquele com o anjinho, eu precisava demais de um espelho pra ensaiar no quarto e o que aconteceu?

Minha irmãzinha ficou com o meu suéter, sim senhora, amanhã mesmo trago o espelho, prometeu. Jacaré trouxe? Continuo ensaiando (tapou os olhos fingindo chorar) num espelho pequenino assim!

Quis abraçá-la e ela se esquivou, não fosse desmanchar--lhe o cabelo engomado, preso na nuca por uma fivela. Nada de sentimentalismo, eu quero é meu espelho, parecia dizer com o labiozinho irônico e meu coração se derramou de alegria e dor: sua malha preta guardava o cheiro dos armários profundos com resquícios dos saquinhos de plantas aromáticas. O passado confundido no futuro que me vinha agora na fumaça cálida da lareira. Ou na fumaça das velas? Apaguei-as. Não, velas não. Escuta, Ducha, juro que amanhã sem falta, sem falta! Acredita em mim? Amanhã!

— Pschiu... — ordenou ela, que me calasse porque a Avó na sala já se decidia por sua valsa de Chopin.

— Ducha — eu comecei e não consegui dizer mais nada.

Ela endireitou o corpo, levantou a cabeça. E esquecida de mim, do espelho, de tudo enveredou diáfana pelo corredor afora, Sou uma artista! exprimia em cada movimento de inspiração desdenhosa. Uma artista!

— Parece uma fadinha dançando — suspirou Ifigênia ao me tomar pela cintura e me conduzir pelo tapete vermelho.

Ouvi ainda as batidas do meu coração tão assustado que me virei para Ifigênia, ela teria ouvido? Mas tinha o piano. E as vozes que já chegavam até nós, estávamos na metade do corredor. Passei as pontas dos dedos no braço do banco de madeira acetinada de tão lisa, um pescoço de cisne se enrodilhando numa curva mansa até descer e afundar a ponta do bico nas penas da asa entalhada na parte lateral do assento. Ao lado, mais uma vitrina de bibelôs com as xicrinhas de porcelana fina como casca de ovo, o famoso serviço de chá em miniatura, paixão da minha vida. Não pode! ralhava a Avó, isso não é brincadeira de criança, você vai quebrar tudo. Não quebrei, engoli um bulinho, gostava de encher a boca com as peças que ia cuspindo em seguida na mesa de chá das bonecas. Senti de novo o bule na inquieta travessia da garganta.

— Estou tão contente, Ifigênia.

— Então por que está chorando?

Enxuguei depressa os olhos na barra do seu avental e recuei, não era estranho? Na cambraia alvíssima, nenhuma marca da minha pintura, só o úmido limpo das lágrimas. Fiquei sem saber que olhos tinham chorado, se os atuais ou os de outrora.

A sala parecia palpitar sob os reflexos do fogo forte da lareira, avermelhando os espelhos. O lustre. Vi o Avô na sua cadeira alta, jogando xadrez com o professor de Eduarda, Não era aquele o professor de Eduarda? A Eduarda arranjou um professor de alemão que é um pão! Ducha tinha me anunciado. Quer dizer que o alemão-pão já estava assim íntimo? quis perguntar, mas Eduarda não me viu, estava entretida em preparar uma bebida na mesa posta no fundo da sala. Tinha uma flor nos cabelos, sinal de alegria, você está amando, Eduarda? Vi a Avó — querida, querida! — no seu vestido das cerimônias especiais. Tinha a cabeça inclinada para o teclado, acelerando o ritmo para acompanhar Ducha que se desencadeava numa grinalda de passos em torno do piano. Vi Ifigênia no seu andar curto, a respiração curta, arrumando os copos na mesa, era um ponche que Eduarda preparava. E me vi a mim mesma, tão mais velha e ainda guardando uma ambígua inocência — a suficiente inocência para me comportar com espontaneidade na reunião dos convidados certos. Um ou outro elemento esclarecedor, que eu já tinha ou ia ter, me advertia que era nova essa noite antiga. Contornei a cadeira do Avô, abracei-o por detrás. Ele me saudou, levantando na mão a torre que já ia movimentar.

— O professor conhece esta minha neta? A intelectual da tribo, hem, menina?

O alemão (era mais alto do que eu supunha) lembrou que já tínhamos sido apresentados e teve uma expressão meio maliciosa, meio divertida, a Eduarda falava muito em mim.

Interroguei-o desconfiada, mas seu olhar penetrante fez baixar o meu. Voltou-se para o Avô que ainda segurava a torre.

— É a sua vez.

Eduarda então me viu e veio trazendo um copo de ponche. Estava tão jovem de cabelos soltos e cara lavada que me perturbei: era como se me visse vir vindo ao meu próprio encontro num flagrante de juventude. Beijou-me rápida e me entregou o copo, Vamos, prova, acho que exagerei no açúcar, não está doce demais? Vi que a Avó me chamava para sentar a seu lado no banco do piano e vi ainda, num relance, atrás do piano, o grande relógio marcando nove horas. No copo, o ponche com a cereja descaroçada, exposta, boiando na superfície roxa.

— Vamos, beba, não tem veneno — ordenou Eduarda e seu riso era tão confiante que achei injusto que o tempo continuasse e quis correr e agarrar o pêndulo do relógio, para! Esvaziei o copo trincando nos dentes a cereja cristalizada com pedaços de outras frutas que não identifiquei, Eduarda guardava o mistério dos ingredientes.

— Cuidado, Avô! — eu disse. — Você vai perder este cavalo.

O namorado de Eduarda piscou para ela.

— Já está perdido.

O Avô olhou o cavalo. Me olhou. E sacudindo a mão, fingiu uma cólera que estava longe de sentir quando me acusou de ter feito tramoia na nossa última partida, Fez tramoia, sim senhora, pensa que não sei? Aproveitou enquanto fui buscar meu suéter e mudou a torre que defendia minha rainha, eu não podia perder como perdi.

— Roubou a torre do Avô! Roubou a torre do Avô! — gritou Ducha, aproximando-se num salto e fugindo de novo, espavorida, de braços abertos e curvada como que impelida por uma ventania. — Ficou com meu espelho e com a torre do Avô!

— Mais grave do que roubar uma torre é roubar o noivo da prima — sussurrou Eduarda, me puxando pela mão.

Fomos para perto da janela. Seus olhos eram roxos como o ponche. Fechei os meus. Eduarda, eu queria tanto explicar isso e não tinha coragem, mas agora escuta, ele disse que vocês tinham rompido, que estava tudo acabado...

— Ele disse?

— Não tive culpa, Eduarda. Quando começamos o namoro eu estava certa de que vocês dois já estavam afastados, que não se amavam mais. Não me senti traindo ninguém!

— Não?...

Vi as estrelas brilhando próximas. Próximo também o perfume da noite que me tomou e me devolveu íntegra. Verdadeira. Encarei Eduarda, pela primeira vez realmente a encarei. Mas era preciso falar? Era mesmo preciso? Ficamos nos olhando e meu pensamento era agora um fluxo que passava das minhas mãos para as suas, estávamos de mãos dadas: sim, eu era ciumenta, insegura, quis me afirmar e tudo foi só decepção, sofrimento. Tinha o Rodrigo (meu Deus, o Rodrigo!) que era o meu querido amor, um amor tumultuado, só imprevisão, só loucura, mas amor. E achei que seria a oportunidade de me livrar dele, a troca era vantajosa, mas calculei mal, logo nos primeiros encontros descobri que a traição faz apodrecer o amor. Na rua, no restaurante, no cinema, na cama e em toda parte, Eduarda, você esteve presente. Cheguei um dia a sentir sua respiração. Foi ficando tão insuportável que na última vez, quando ele entrou na cabine para ouvir um disco, eu não aguentei e fugi, estávamos numa loja comprando discos. Quero ouvir este, ele disse entrando na cabine envidraçada, me espera um instante. Fui até a vitrina, fingindo procurar Deus sabe o quê e então aproveitei, fugi de cabeça baixa, sem olhar para os lados. Eduarda, diga que acredita em mim, diga que acredita!

Seus olhos, que estavam escuros, foram ficando transparentes. Agora está tudo bem, Laura, estamos juntas de novo — parecia me dizer. Estamos juntas para sempre — e apertou com força a minha mão. Mas não deixou que eu me comovesse mais, pegou um biscoito de polvilho que Ifigênia ofereceu, levou-o à minha boca, Vamos, você está muito magra, precisa comer, não fique assim triste. Comecei a me sentir uma coisa miserável: — Fiz trapaça no jogo com o Avô — eu disse, mas me engasguei com o biscoito e Eduarda desatou a rir como na festa das bonecas, quando engoli o bulinho. Sua pulseira, uma argola de ouro, ficou engancha-da no meu vestido, tentou tirá-la, Fica com ela, Laura, nossa nova aliança, você gosta desses símbolos. Mas a pulseira, já solta do meu vestido, não se soltava do seu pulso, argola inteiriça que só podia sair pela mão, Engordei, está vendo? Engordei de feliz, estou feliz demais com o meu alemão, não é lindo? O fogo da lareira se refletia na sua face como no lustre, no espelho: Tenho vontade de gritar de tanto amor! Enlaçou-me e saímos dançando, rindo feito duas tontas até chegarmos ao piano, onde ela me entregou à Avó, Fica aí que vou salvar meu amado, vovô deve estar querendo jogar outra partida, disse. E ficou séria. Apertou meu braço.

— O Rodrigo não demora.

— Quem? — perguntou a Avó. Afastou-se para me dar lugar no banco. — Quem não demora?

— O Rodrigo — disse Ducha abrindo os braços num sua-ve movimento de asas e desabando no almofadão.

Quando ela se inclinou para amarrar a fita da sapatilha, vi o menininho deitado no tapete. Estava de pijama e brin-cava com os cubos coloridos de uma caixa: mas ele já estava aqui quando cheguei?

— Você emagreceu, Laurinha — lamentou a Avó, exa-minando-me afetuosa mas fiscalizante, e será que eu não estava pintada demais? Me preferia mil vezes sem pintura, como a Eduarda. E por que eu estava assim trêmula? — Você está gelada, menina, tome este chá — ordenou pegando a xícara. Era por causa dele que estava tão tensa? Do (disse o nome em voz baixa) Rodrigo?...

Seus cabelos faceiramente frisados tinham reflexos de um tom azul-lilás que me fez pensar em violetas. Agora procurava me acalmar no mesmo tom com que vinha me dizer, na hora do boa-noite, que não tem nada essa história de fantasmas, Isso tudo é invenção, minha bobinha, vamos, durma. O Rodrigo? Mas agora ele está curado, não se preocupe mais, foi uma crise muito séria, não nego, mas passou. Passou. Ainda ontem conversamos, ele está pensando em recomeçar os estudos, já faz planos, disse e senti no seu olhar (ou no meu?) algo de reticente. Por um instante a Avó me pareceu feita de um úmido tecido azul-lilás, do mesmo tom dos cabelos.

— Não vá ainda, espera! — pedi, e fiquei sem saber se gritei. Na lareira o fogo era mais brando.

— Às vezes volta o medo — eu disse.

— Medo do quê, minha querida? Mas você não está amando? Então, precisa amar — disse olhando para as minhas mãos. — Nenhum anel especial? Nenhum namorado especial? Pois a Eduarda, que tinha a minha idade... — (Hesitou, tomando o *lorgnon* dependurado na corrente de ouro) — Mas não tínhamos a mesma idade? Sempre pensei que vocês duas regulassem, porque quando a Ivone estava de barriga, a sua mãe também... — (Fez contas nos dedos mas se perdeu nas datas.) — O que eu queria dizer é que a Eduarda arrumou esse namorado de repente, tudo foi no galope. Vão se casar em dezembro, não é maravilhoso?

Sua voz passava agora para um outro plano, enquanto ia entrando em detalhes: depois do casamento seguiriam para a Alemanha, os pais dele moravam lá, numa cidadezinha que tinha um nome muito gracioso, Ulm, mas depois da visita viajariam por toda a Europa no período das grandes férias. A Ducha estava ardendo de vontade, queria ir junto para se matricular num curso de balé em Paris, uma pirralha dessas, vê se pode! Não estava era gostando nada dessa ideia de avião, por que os jovens têm mania de avião? Tão melhor um vapor, ih, as deliciosas viagens por mar, ainda se lembrava bem quando foi com o Avô para a Itália, tantas brincadeiras de bordo, os jogos, as festas! Mas a hora melhor ainda era aquela em que se recostava na cadeira do tombadilho, puxava a manta até os joelhos e ficava lendo um romance de Conan Doyle. Ou simplesmente olhando o mar.

— Será que ele ainda pensa em mim?

A Avó demorou para responder. Fez um ligeiro movimento, juntando as mãos espalmadas, como se fechasse um livro, Quem, o Rodrigo? Sim, pensava, mas de modo diferente, sem aflição, sem rancor, estava bastante mudado depois da tentativa. Se ele pudesse sair, fazer uma viagem, mas uma viagem por mar, num vapor como aquele, não lembrava o nome do vapor, não era curioso? Mas não se esquecia das gaivotas. Do vento.

— Onde ele conseguiu o revólver?

A palavra *revólver* caiu-lhe no colo como uma gaivota. Ou um peixe. A Avó assustou-se, sacudindo do vestido os farelos de biscoito. Limpou com a ponta do lenço a gota de chá que escorreu no teclado, O revólver? Quem é que sabe? Sempre foi um menino tão reservado, vivia inventando um mundo particular, só dele, não deixava ninguém entrar nesse mundo.

— Ele me chamou, mas recusei.

Ducha apoiou-se nos cotovelos e veio se arrastando pelo tapete até tocar no meu sapato.

— Que chique este salto dourado — disse e fez um sinal para que me abaixasse, queria falar no meu ouvido. — A bala passou um tantinho assim perto do coração.

— Vão pegar por lá um inverno forte. Se fossem de vapor não sentiriam a mudança tão rápida — suspirou a Avó. Voltou-se enervada para a Ducha que lhe apontava o piano, Quero dançar, toca, toca! — Espera, menina, espera! Se você não precisa de intervalo, eu preciso.

Olhei para as cortinas pesadas. Para a cristaleira que me pareceu menos brilhante sob a leve camada de pó. O tempo não alcança você, Avó, eu disse. Estão todos iguais. Iguais.

— O piano mudou, querida — disse a Avó sorrindo e dando um acorde grave. — Mandei afinar, lembra como ele estava? E se você não sabe é porque nunca vem me visitar. Fiquei doente, sarei, fiquei doente de novo e nem um telefonema. Nada. Podia ter morrido e minha neta nem ficaria sabendo porque não ligou uma só vez para saber, a Avó, como vai?

— Vovó querida, você sabe muito bem como amo vocês. E que tenho andado mesmo sumida, mas você sabe.

— Sei, Laurinha. Mas gosto de provas, tão importantes as provas.

Ducha fez uma careta.

— Que feio, Laura! A Chapeuzinho Vermelho atravessou um bosque cheio de lobos só pra levar o bolo pra Avozinha que estava com resfriado, não era um resfriado? — Pôs-se na ponta dos pés, pronta para dançar. Teve seu sorrisinho: — Não veio buscar Ifigênia que queria cumprir a promessa, não trouxe meu espelho, roubou a torre do Avô, roubou o noivo de Eduarda e não visitou a Avó! É demais!

— Ducha, vai dançar, vai — pediu a Avó. Começara uma melodia um tanto dissonante. Esgarçada. — Pronto, vai dançar!

— E ainda por cima faz a *femme fatale* — acrescentou Ducha rapidamente, com o gesto de quem empunha uma arma e aponta contra o próprio peito. Acionou o gatilho. — Pum!... — (Cambaleou, esboçando o movimento de se desvencilhar da arma. Estendeu-se no almofadão, a mão direita apertando o peito, a outra acenando na despedida frouxa.) — *Me mataria em março se te assemelhasses às coisas perecíveis!* — recitou, arquejante. E levantou-se de um salto. — Por que março? H. H. é que sabe. Se a poeta diz que é em março, tem que ser março... Foi recuando, os braços em arco: — Março ou abril?...

— É um amor de menina, mas cansa um pouco — murmurou a Avó, inclinando-se para me beijar. — Esta música é minha, você gosta? Vai se chamar *Noturno Amarelo*.

Antes mesmo de me aproximar da lareira, adivinhei o fogo se reavivar num último esforço. Ifigênia tocou no meu braço, pensei que fosse me oferecer alguma coisa.

— O Rodrigo acabou de chegar — avisou.

Escondi a cara nas mãos, mas mesmo assim podia vê-lo na minha frente, com seu jeans puído e o blusão preto com reforços de couro nos cotovelos. Segurou-me pelos punhos e me descobriu. Ardia o carvão dos seus olhos, mas tinha o mesmo doce sorriso de antes. Esperou. Quando consegui falar, a cinza já cobria completamente o braseiro.

— Eu te neguei, Rodrigo. Te neguei e te traí e traí Eduarda. Mas queria que soubesse o quanto amei vocês dois.

Ele arrumou meu cabelo. Acendeu meu cigarro. Riu.

— Se a gente não trair os mais próximos, a quem mais a gente vai trair? — Ficou sério. — Éramos muito jovens, querida.

Éramos? Levantei a cabeça. Já não me importava que ele me visse de frente, queria mesmo me expor assim devastada, ele então sabia? Ouvi minha voz vindo de longe.

— Passei a noite me desculpando, só faltava você. Ó Deus! como eu precisava desse encontro — disse, tocando no seu peito.

Ele estremeceu. Então me lembrei, Mas ainda dói, Rodrigo? E continuam as bandagens? Ele pegou um copo de ponche, me fez beber: que eu não me impressionasse com isso, era mesmo um sensível e nos sensíveis essa zona é sensível demais, demora a cicatrização.

Nem precisamos falar. Dentro de mim (e dele) agora era só a calma. O silêncio. Comecei a sentir frio, fui buscar o xale. Quando voltei, não o encontrei mais.

— E o Rodrigo? — perguntei a Ifigênia. Ela levava pela mão o menininho que resistia, O Rodrigo!? Mas agora mesmo ele não estava aqui com você?

— Eu sei fazer cara de bicho, olha, tia! — o menino gritou espetando os dedos na testa. — Olha o bicho!

Tudo então aconteceu muito rápido. Ou foi lento? Vi o Avô dirigir-se para a porta que ficava no fundo da sala, pegar a chave que estava no chão, abrir a porta, deixar a chave no mesmo lugar e sair fechando a porta atrás de si. Foi a vez da Avó, que passou por mim com sua bengala e seu *lorgnon,* me fez um aceno e deixando a chave no mesmo lugar, seguiu o Avô. Vi Eduarda de longe, ajudando o noivo a vestir a capa, Mas onde foram todos? perguntei e ela não ouviu ou não entendeu. Estavam rindo quando foram se aproximando da porta, enlaçados. Num salto, Ducha varou por entre ambos, pegou a chave, ajoelhou-se num só joelho e pousou a chave no outro, flexionado, inclinando-se na reverência de um pajem medieval oferecendo seus serviços.

Desviei a cara, não quis mais olhar. Por pudor, continuei de costas quando Ifigênia passou arrastando o menino que queria brincar mais, Não pode, amor, nada de manha, fica bonzinho. A pirâmide dos cubos coloridos que ele erguera no tapete foi desabando através das minhas lágrimas. Quando olhei de novo, a sala já estava vazia. Vi o jogo de xadrez interrompido ao meio. O piano aberto (ela terminou o *Noturno*?) e o livro em cima da lareira. A xícara pela metade. A fivela de Ducha esquecida no almofadão. A pirâmide. Por que os objetos (os projetos) me comoviam agora mais do que as pessoas? Olhei o lustre: ele parecia tão apagado quanto a lareira.

Saí pela porta da frente e antes mesmo de dar a volta na casa já tinha adivinhado que atrás da porta por onde todos tinham saído não havia nada, apenas o campo.

Atravessei o jardim que não era mais jardim sem o portão. Sem o perfume. A vereda (mais fechada ou era apenas impressão?) fora desembocar na estrada: o carro continuava lá adiante com suas portas abertas e seus dois faróis acesos. Fernando tapava o vasilhame.

— Demorei muito?

Ele vestiu o casaco. Acendeu um cigarro, Se eu demorei? Mas como? Eu tinha saído?

Entrei no carro e me vi no espelho iluminado pela lanterna: minha pintura estava intacta.

— Sabe as horas, Fernando?

— Nove em ponto. Por quê? — perguntou ele ligando o rádio do painel. Pôs a mão no meu joelho: — Você está linda, amor, mas tão distante, tão fria. Ih! que merda de música — gritou, mudando de estação. — Será que o jantar vai ser bom? Hoje estou a fim de comer peixe.

Fiquei olhando a Via Láctea através do vidro. Fechei os olhos. Fechei com força a argola de Eduarda que ainda trazia na mão.

— Não é um esquilo? — perguntou Fernando apontando excitado para a estrada. Ali, não está vendo?

— Pode ser uma lebre.

— Mas agora não é hora de lebre!

Nem de esquilo, pensei em dizer ou disse. E de repente eu me senti sozinha e feliz assim em silêncio, olhando a estrada.

A Consulta

Doutor Ramazian debruçou-se na janela e ficou olhando o jardim banhado por um débil sol de inverno. Alguns pacientes estavam sentados nos bancos, outros passeavam, pálidos e perplexos. Um velho deitou-se no gramado, despiu o pulôver, atirou-o longe e quando já ia arrancar a camiseta de lã, o enfermeiro de jeans tomou-o pelos cotovelos e trouxe-o para dentro. Um jovem de alpargatas escondeu depressa a cara nas mãos.

— Max! Maximiliano! — o médico chamou. — Pode vir aqui um instante?

O homem que espiava a rua através do portão de ferro voltou-se. Veio vindo sorridente, as mãos metidas nos bolsos do blazer azul-marinho com botões prateados. Inclinou-se para tirar uma folha seca da calça de flanela.

— Boa tarde, doutor.

O médico bateu na janela o cachimbo já esvaziado, soprou um pouco de cinza e encarou o homem.

— Você me parece muito bem-disposto, Max.

— Eu estou bem-disposto. E tive pesadelos, doutor, vi

um pombo esmagado no meio da rua, com um raminho verde no bico. Tão verde o raminho no meio do sangue. Não é curiosa essa coincidência?

— Que coincidência?

— Um gatinho foi atropelado bem aí na frente do portão. Ficou que nem o pombo.

— Sem o raminho verde.

— Sem o raminho verde — repetiu Maximiliano fixando o olhar no cachimbo que o médico deixou na mesa. — O senhor vai sair?

— Tenho um compromisso e Dona Dóris ainda não apareceu, eu queria que você ficasse aqui para atender o telefone, me faz esse favor? Antes das quatro devo estar de volta.

— Com prazer — disse Maximiliano apoiando-se na janela baixa. Pulou ágil para dentro do consultório. — Fico feliz quando o senhor confia em mim mesmo para tarefas menores como atender o telefone ou limpar seus sapatos.

O médico fechou o zíper da maleta.

— Você nunca limpou meus sapatos, Max.

— Mas limparia. Os seus e os de Jesus.

— Jesus usava sandálias — disse Doutor Ramazian guardando a caneta no bolso. Apontou para um bloco ao lado do telefone: — Qualquer recado, tome nota aqui, sim? Se quiser café, já sabe onde encontrar. Não demoro.

Quando o médico saiu, Maximiliano sentou-se na cadeira giratória e apoiou os cotovelos na mesa. Apanhou o cachimbo, examinou-o atentamente. Ficou aspirando o cheiro de fumo. Deixou o cachimbo, apanhou a espátula metálica. As batidas na porta eram tímidas, constrangidas.

— Doutor Ramazian? — perguntou o recém-chegado abrindo a porta e espiando pela fresta. Ainda segurava o trinco: — Me desculpe ter vindo assim adiantado, minha hora era às quatro, mas se o senhor pudesse me atender agora... Pode me atender agora?

— Sim, claro, entre. É a primeira vez, não?

— A primeira. Falei com Dona Dóris, mas...

— Ela não veio hoje. Sente-se, faz favor.

— É que não aguentei esperar — disse o homem afrouxando o colarinho. Passou ansiosamente a mão no queixo. — Nem fiz a barba, está vendo? Cheguei cedo demais e fiquei andando lá na calçada, mas foi me dando uma aflição, acho que estou em ponto de enlouquecer!

— Exagero. Os que estão em ponto de enlouquecer, não dizem. Nem sabem. Quer fumar? — perguntou Maximiliano abrindo a caixa de cigarros, ao lado do porta-cachimbos.

— Obrigado, prefiro minha marca — disse o homem tirando o maço do bolso. Sua mão tremia. — Estou fumando três, quatro maços por dia, acendo um no outro, sem parar — acrescentou, vagando em torno o olhar inquieto. Fixou-o na janela. — São todos loucos? Esses aí fora.

Maximiliano abriu a bolsa de fumo. Encheu o cachimbo.

— Nem todos, têm médicos e enfermeiros misturados com eles. Aqui o regime é de liberdade total, suprimimos aventais, uniformes, os doentes precisam se sentir iguais a nós. Eu mesmo, às vezes, não distingo.

— Meu pai conhecia os loucos pelos olhos.

Maximiliano apertou os seus. Sorriu.

— É um elemento — disse inclinando-se. Segurava ainda o cachimbo apagado. — Mas então?

— Nem sei como começar, doutor, é demais absurdo, ridículo! Essa obsessão... Não faz sentido tanto medo, tanto medo!

— Medo do quê, filho?

— Da morte.

O telefone branco em cima da mesa tocou baixinho, com o som reprimido de uma cigarra fechada na gaveta. Maximiliano atendeu, disse um *não está*, fez um movimento para pegar o lápis e depois de um conformado *como queira*, desligou. Apanhou o cachimbo mas recusou o isqueiro que o recém-chegado lhe ofereceu, agradecia mas não ia fumar, contentava-se em ficar segurando o cachimbo assim cheio como fazia nesse instante. O homem teve uma expressão desolada.

— Quisera eu poder resistir, doutor. Mais de três maços por dia — queixou-se, pousando o cigarro no cinzeiro. Entrelaçou com veemência as mãos magras. — Já não durmo, não como direito, não cumpro minhas obrigações, não faço mais nada a não ser pensar nisso. Não posso nem dizer a palavra, nem ouvir que já me sinto mal. Ainda agora, não viu? eu falei e já comecei a transpirar, me veio uma ânsia! O tempo todo pensando, pensando, perdi o apetite da vida. No trabalho, em casa com minha mulher, na cama com minha amante, tenho uma amante, uma menina tão boazinha, nem sei como ainda me aguenta, venho me esquivando dos encontros, a última vez foi um vexame, no meio, doutor, parei no meio feito um velho, broxei feito um idiota ali em cima dela ou debaixo, nem me lembro, parece que foi há séculos! Séculos — repetiu, sacudindo a cabeça. Tragou profundamente, cerrando os olhos congestionados. — Hoje minha mulher precisou me mandar trocar de roupa, esqueço de fazer a barba, estou exausto, exausto! Quase um ano nessa agonia, doutor. Começou aos poucos, com um certo mal-estar, quando me avisavam que alguém tinha mor... tinha empacotado. Eu evitava o assunto, me desviava dos campos-santos, das casas de saúde, onde sentia de longe o cheiro dela, da coisa, desinfetada, enluvada mas presente, atuante, está me compreendendo? Até que o mal-estar foi aumentando, virou náusea, pânico, me levanto já pensando que ela pode acontecer não só para mim mas para as pessoas que eu amo. Olho meus filhos, tenho dois meninos que já estão rindo de mim, desse meu medo de contágio, de acidentes, acho que tudo nos conduz a ela e num galope. Já senti todas as doenças do mundo! Fiz dezenas de exames, radiografias, meu médico nem quer mais me receber, Você não tem nada! já me repetiu não sei quantas vezes. E tenho tudo. O medo quando me deito, medo que aconteça durante o sono, medo que ela me pegue em flagrante, às vezes a imagino com uma cara de puta safada, cafona, me gozando com seu olho antiquíssimo. Outras vezes, quando ouço música — meu único consolo ainda é a música, doutor —, nessas horas ela me aparece etérea, suave como uma dessas virgens das baladas, coroada com uma grinalda de jasmins, me acenando com seus frios dedos de éter... Ainda não sei qual das duas me assusta mais, se essa ou a outra, que é suja, podre. Ah, doutor, um homem de trinta e cinco anos e tremendo inteiro como uma criancinha perdida no escuro, choramingando, chamando pela mãe... — Recostou-se na cadeira, relaxou a posição. — Chamei ontem por ela, no sonho. Veio tão afetuosa, me estendeu sua mão, mas quando senti na minha a umidade mole, verde, me lembrei que já estava mor... Quero dizer, me lembrei, está me compreendendo? E fugi espavorido. Assim como fugi do meu irmão mais velho, quando ele teve o enfarto que o levou. O senhor acredita que tomei um avião para o Rio meia hora depois que me avisaram que ele tinha acabado de...? Inventei a viagem só para não ver, fiz o indiferente, o apático, minha cunhada nem fala mais comigo, me despreza, mas posso lhe explicar o que está acontecendo e ela vai entender? Vai acreditar que cheguei num hotel do Rio, que me tranquei num quarto e fiquei lá dentro chorando? Éramos amicíssimos, meu irmão e eu.

— Eu também amava muito meu irmão menor, foi esmagado bem aqui defronte do portão da clínica.

— Aqui defronte, doutor?

— Sim. Mas continue, por favor, continue.

O homem soprou a cinza que se espalhou na sua lapela. Apagou o cigarro. Olhou para as pontas dos dedos manchados de nicotina.

— Pois é isso aí, doutor. Não posso continuar fugindo e para onde fugir se ela está em toda parte? Nos jornais, nas ruas, nas televisões, nas feiras, nos bailes... Está dentro de casa. Dentro de mim. Está principalmente dentro de mim, prisioneira de mim mesmo. Não leio mais jornal, não vou mais a cinema, a teatro, os temas só giram em torno dela, não aguento mais. A única coisa que conseguia me distrair da ideia eram essas revistas eróticas, com meninas se mostrando nuas, pelo menos nelas não havia a menor insinuação, está me compreendendo? Tanta energia, tanto sexo. Tanta vontade de usar esse sexo. Mas aos poucos comecei a pressentir, debaixo de tanta juventude, de tanta beleza, escondida lá no fundo, a semente da coisa. Na plenitude hoje, mas e amanhã?

— Platão lembraria a metáfora da maçã. Mas continue, Senhor Gutierrez, continue.

— Uma manhã dessas acordei sem nenhum medo, diluído, eu, que estava tão denso, cheguei a pensar que tinha me libertado quando aos poucos comecei a sentir medo de não ter medo, está me compreendendo? Parece que ficou pior ainda o vazio, esse espaço que o medo ocupava. Então quis me provar, saber se realmente estava livre: entrei a passos largos num ce... num desses campos-santos. Não passava perto deles nem que me arrastassem pelos cabelos. Fui indo até que na curva da alameda pressenti um... uma cerimônia, o doutor sabe onde quero chegar, antes mesmo já senti o cheiro da coisa, fiquei com o olfato apuradíssimo, sinto de longe, doutor. Foi o suficiente para começar a vomitar ali mesmo atrás de um cipreste. Saí ventando, só dei acordo de mim em casa, encharcado de suor. Amarelo de medo. Ou verde? — perguntou, esboçando um riso frouxo. Olhou as próprias mãos. — A cor do medo. Tire uma licença, meu chefe aconselhou, sou funcionário público. Se o senhor está doente, faça um exame médico e vá viajar, espairecer. Quis me ajudar, todos querem me ajudar. Mas dizer o que aos médicos lá do Instituto? Se o meu mal é o medo, com que cara vou confessar que estou doente de medo? Tudo em ordem. E esta desordem, esta angústia. Seria melhor enlouquecer. Ainda outra noite pensei muito nisso, seria uma solução. Mas não vou enlouquecer, vou...

— Morrer.

— Não fala, doutor, não fala! Só de ouvir, está vendo? — murmurou ele enxugando no lenço o queixo, a testa. Acendeu um cigarro. Suspirou. — Eu avisei que era uma história ridícula, absurda, não avisei? Quando vinha hoje para cá, meu táxi foi cortado por um cortejo, o senhor sabe. Só de ver aqueles carros todos atrás do carro principal foi me dando tamanha aflição que saltei, mudei de rua, mas pensa que adiantou? Logo mais dei com a manchete de um jornal, o menino me abriu a manchete na cara, mal tive tempo de desviar e a voz adiante de outro jornaleiro anunciando a tragédia, um ônibus que despencou num precipício, dezenas de feridos *fatais*... Entrei num café e lá dentro a conversa sobre um condenado americano que quer, que exige que o... que o executem. Mas só se fala na coisa?! Ou já falavam antes, apenas era eu que estava distraído? Não sei. Sei que ando com vontade de me isolar, sumir num lugar onde essa presença não tenha tanta importância, mas existe esse lugar? Os conventos são solitários. Defendidos. Lá, nem a vida nem a antevida importam, era de se esperar que não se preocupassem com a nossa... finitude. Mas se importam, querem a santidade através da autoflagelação e nessa flagelação está a memória da coisa exaltada em orações, cantorias, imagens, repetida até nos cumprimentos, lembra-te da... O senhor sabe, tem uma comunidade que se cumprimenta assim, desde que eles acordam, um vê o outro, sorri e diz *Memento mori*, lembra-te da... Ah! Ah, não sei por que tirar a despreocupação da vida enquanto vida.

Maximiliano ficou olhando o cachimbo fechado na gruta da mão.

— Vou lhe contar um caso, Senhor Gutierrez, serei rápido.

— Fernandez, Doutor. Samuel Fernandez.

— Perdão. Mas todo esse horror que o senhor tem por essa, digamos, fatalidade, um meu paciente tinha pelo automóvel. Pela máquina. Começou também assim, como o senhor, manifestando a princípio uma certa má vontade de guiar, vendeu o carro. Queixava-se do trânsito, dos motoristas. A má vontade se agravou, ficou agressivo, assustadiço, o medo de entrar num carro crescendo de tal jeito que só andava a pé, desconfiado, fugindo das ruas movimentadas, as orelhas atufadas de algodão para atenuar o som das buzinas, entrando em pânico se um carro se aproximasse mais. Ora, nossa cidade tem carro à beça, o que significa que ele vivia em estado de pânico permanente. Quando chegavam as férias, ele era bancário, fugia alucinado para o campo, para as praias, mas praia e campo, está tudo invadido, o carro está em toda parte, como Deus. Fugir para onde? Tentou se adaptar, dominar o horror. Não conseguiu. Quando resolveu me procurar, parecia um cadáver. Perdão, estava abatidíssimo. Fez a confissão quase em prantos: a fobia estava ficando insuportável. Essa repugnância que o senhor tem pelo avesso da vida, o cheiro especial que o senhor sente quando esse avesso se aproxima, ele sentia também, mas no cheiro da gasolina, do óleo, daquele bafo negro do motor, sentia tudo mesmo fechado num armário, mesmo escondido debaixo da cama. Então ordenei-lhe que se empregasse imediatamente numa fábrica de automóveis.

— De automóveis?

Maximiliano deu uma risadinha.

— Vejo seu espanto, Senhor Gutierrez, mas não é novidade que a única forma de se curar de um veneno é recorrer ao próprio veneno. Como é que se cura picada de cobra? Hum? E o que vem a ser a homeopatia? Empregue-se numa fábrica de automóveis, receitei. E o moço, que não podia se aproximar sequer de uma garagem, de carros, entrou no coração deles, obrigado a lidar com as peças, montando, desmontando, parafusando, pintando, a cara enfiada na máquina, os ouvidos saturados do barulho da máquina. De manhãzinha já ia se esfregar nos motores, as unhas impregnadas de graxa, vi suas unhas, nem escova com sabão podia limpar aquelas unhas da presença detestável. Ensinei-lhe que é preciso destruir os fantasmas indo de encontro a eles, desvendá-los, meu caro, sabe o que é desvendar? É levantar o véu e olhar a coisa nos olhos. Nos olhos!

O telefone tocou e dessa vez Maximiliano tomou algumas notas depois de informar que a pessoa em questão se ausentara da clínica por algumas horas. Voltou-se para o homem que esperava, ansioso, o cigarro pendendo do canto da boca, as mãos tortuosas abertas nos joelhos. Examinou-o num silêncio cordial. Tranquilo.

— Ele sarou, doutor?

— Quem?

— O moço...

— Ah, definitivamente. Passada aquela fase de sofrimento maior, começou a se interessar pelo trabalho. Vinha me ver três vezes por semana, nunca pensei que o processo de adaptação marchasse assim rápido: um mês depois já tinha comprado um carro. E lia revistas de automóveis, ajudou a montar o Salão da Máquina, colaborava na revista *Oito Rodas*, contava anedotas sobre o trânsito, virou um técnico. Durante esse período, só teve uma recaída, quando foi todo satisfeito ver uma fita sobre corrida de carros e de repente, no meio, se levantou aos gritos e saiu espavorido, todo o antigo horror explodindo tão forte que pensei, Pronto, voltou ao marco zero. Mas não, no dia seguinte já estava normal, tudo bem. De admirador da máquina passou a ser seu amante, Ih, a paixão que eu tenho por isto, me disse certa vez, alisando um para-lama como se alisa a coxa da namorada. Mas sua paixão pelo automóvel não era de ficar por aí, não demorou muito e integrou-se no próprio.

— Não estou entendendo, doutor.

— Tão simples, Gutierrez: ele assumiu o automóvel. Virou um automóvel e com tamanho fervor que certa manhã bebeu gasolina azul e saiu buzinando pela rua afora, uon! uon! uon! brrrrrrrrrr!... brrrrrrrrrr!... Perdeu para uma jamanta que vinha em sentido contrário.

— Morreu?

— Isso aí. E agora o senhor soltou a palavra tão natural, está vendo? Pronto, já é o caminho da cura assumir os fantasmas. Melhor ainda, virar um deles.

— Então ele não se curou, doutor.

Cariciosamente, Maximiliano passou e repassou no lábio risonho o cachimbo apagado.

— Mas o que o senhor chama de cura? Por acaso queria que ele continuasse um automóvel para o resto da vida? O senhor, por exemplo, quer continuar assim em pânico até o fim? É isso que quer? Me responda! Quer sofrer esse medo até morrer de medo?

— Não, doutor, não é isso que eu quero, não queria ter medo nunca mais, nunca mais!

— Eu poderia lhe recomendar um estágio de enfermeiro num hospital daquele estilo em que o doente entra sem o raminho verde no bico, sem esperança — disse e riu. Ficou sério. Olhou o relógio de pulso. — Seria retomar o tratamento daquele caso, os hospitais são fábricas de defuntos, os que não morrem da doença com que entram pegam outra lá dentro, o senhor teria um material de primeira ordem. Mas quero que pule essa fase, não vamos fazer cera, mesmo porque não vai ter outra consulta, esta é a última.

— A última?

— Seria pura perda de tempo, filho. Por que uma volta tão grande para se chegar ao mesmo fim? No hospital o senhor iria se acostumando com... posso falar a palavra? com a morte e de tal jeito que acabaria se afeiçoando à ideia. De simples admirador passaria a ser seu amante, que nem o moço da máquina, montado nela o dia inteiro, aquele tesão. Mas não parava nisso, a identificação seria tão profunda que de repente ia querer se matar. Melhor então que se mate já.

— Doutor?!

— Imediatamente. Saia e se mate, é uma ordem.

O homem levantou-se, cambaleando. Deixou cair no cinzeiro o cigarro e ali ficou de pé, a boca entreaberta, a face porejando, branca.

— O senhor está falando sério, doutor?

— Nunca falei tão seriamente em minha vida. Só com a morte se cura o medo da morte. Mate-se. Não quer se libertar? Pois lhe ordeno a libertação, está salvo, mate-se — disse

Maximiliano fixando no homem o olhar reto. — Saia e se mate em seguida. Uma boa morte para o senhor.

— Mas doutor, espera!...

Suave mas firmemente, Maximiliano foi impelindo o homem até a porta.

— Obedeça. Agora, adeus.

Assim que se viu sozinho foi até a janela e através do vidro ficou vendo o homem atravessar o jardim num passo vacilante, as mãos abertas, pendidas. Virou-se ainda uma vez, a face aterrada se contraindo inteira numa interrogação de quem se esqueceu de dizer — ou fazer — alguma coisa, o quê?

Quando o Doutor Ramazian voltou, Maximiliano estava de pé ao lado da mesa, com o bloco de notas na mão. O cachimbo esvaziado. O cinzeiro limpo.

— Pronto, Max. Agora pode ir tomar seu lanche. Algum recado?

— Uma senhora telefonou, mas não quis dizer o nome. E um cliente, o Professor Nóbrega, também ligou, disse que só pode vir na sexta-feira, vai combinar a hora com Dona Dóris.

Doutor Ramazian encheu o cachimbo. Falou depois de uma baforada.

— Ótimo. Nada mais? Alguém me procurou?

— Um momento, deixa eu ver — disse Maximiliano franzindo a testa. Encarou o médico: — Não, ninguém. Ninguém. Posso ir?

— Sim, sem dúvida — disse o médico passando o olhar distraído na folha de bloco com as anotações. — Ótimo, Max. Você vai indo muito bem, o progresso que fez. Estou muito satisfeito.

— Eu também.

— Falta apenas o último passo, você sabe, assumir sem possibilidades de retrocesso. Então estará curado.

Maximiliano sorriu. A voz saiu mansa, num quase sussurro, "curado e fodido".

— O que foi? Você disse alguma coisa?

— Não, doutor, nada. O senhor tem razão. Vamos ao lanche?

Seminário
dos Ratos

Que século, meu Deus! — exclamaram os ratos
e começaram a roer o edifício.
CARLOS DRUMMOND DE ANDRADE

O Chefe das Relações Públicas, um jovem de baixa estatura, atarracado, sorriso e olhos extremamente brilhantes, ajeitou o nó da gravata vermelha e bateu de leve na porta do Secretário do Bem-Estar Público e Privado:

— Excelência?

O Secretário do Bem-Estar Público e Privado pousou o copo de leite na mesa e fez girar a poltrona de couro. Suspirou. Era um homem descorado e flácido, de calva úmida e mãos acetinadas. Lançou um olhar comprido para os próprios pés, o direito calçado, o esquerdo metido num grosso chinelo de lã com debrum de pelúcia.

— Pode entrar — disse ao Chefe das Relações Públicas que já espiava pela fresta da porta. Entrelaçou as mãos na altura do peito. — Então? Correu bem o coquetel?

Tinha a voz branda, com um leve acento lamurioso. O jovem empertigou-se. Um ligeiro rubor cobriu-lhe o rosto bem escanhoado.

— Tudo perfeito, Excelência. Perfeito. Foi no Salão Azul, que é menor, Vossa Excelência sabe. Poucas pessoas, só a cúpula, ficou uma reunião assim aconchegante, íntima, mas muito agradável. Fiz as apresentações, bebericou-se e — consultou o relógio — veja, Excelência, nem seis horas e já se dispersaram. O Assessor da Presidência da RATESP está instalado na ala norte, vizinho do Diretor das Classes Conservadoras Armadas e Desarmadas, que está ocupando a suíte cinzenta. Já a Delegação Americana achei conveniente instalar na ala sul. Por sinal, deixei-os há pouco na piscina, o crepúsculo está deslumbrante, Excelência, deslumbrante!

— O senhor disse que o Diretor das Classes Conservadoras Armadas e Desarmadas está ocupando a suíte cinzenta. Por que *cinzenta*?

O jovem pediu licença para se sentar. Puxou a cadeira, mas conservou uma prudente distância da almofada onde o Secretário pousara o pé metido no chinelo. Pigarreou.

— *Bueno*, escolhi as cores pensando nas pessoas — começou com certa hesitação. Animou-se: — A suíte do Delegado Americano, por exemplo, é rosa-forte. Eles gostam das cores vivas. Para a de Vossa Excelência escolhi este azul-pastel, mais de uma vez vi Vossa Excelência de gravata azul... Já para a suíte norte me ocorreu o cinzento, Vossa Excelência não gosta da cor cinzenta?

O Secretário moveu com dificuldade o pé estendido na almofada. Levantou a mão. Ficou olhando a mão.

— É a cor deles. *Rattus alexandrinus*.

— Dos conservadores?

— Não, dos ratos. Mas enfim, não tem importância, prossiga, por favor. O senhor dizia que os americanos estão na piscina, por que *os*? Veio mais de um?

— Pois com o Delegado de Massachusetts veio também a secretária, uma jovem. E veio ainda um ruivo de terno xadrez, tipo um pouco de boxer, meio calado, está sempre ao lado dos dois. Suponho que é um guarda-costas, mas é simples suposição, Excelência, o cavalheiro em questão é uma incógnita. Só falam inglês. Aproveitei para conversar com eles, completei há pouco meu curso de inglês para executivos. Se os debates forem em inglês, conforme já foi aventado, darei minha colaboração. Já o castelhano eu domino perfeitamente, enfim, Vossa Excelência sabe, Santiago, Buenos Aires...

— Fui contra a indicação. Desse americano — atalhou o Secretário num tom suave mas infeliz. — Os ratos são nossos, as soluções têm que ser nossas. Por que botar todo mundo a par das nossas mazelas? Das nossas deficiências? Devíamos só mostrar o lado positivo não apenas da sociedade mas da nossa família. De nós mesmos — acrescentou apontando para o pé em cima da almofada. — Por que não apareci ainda, por quê? Porque simplesmente não quero que me vejam indisposto, de pé inchado, mancando. Amanhã calço o sapato para a instalação, de bom grado faço esse sacrifício. O senhor, que é um candidato em potencial, desde cedo precisa ir aprendendo essas coisas, moço. Mostrar só o lado positivo, só o que pode nos enaltecer. Esconder nossos chinelos.

— Mas Vossa Excelência me permite, esse americano é um técnico em ratos, nos Estados Unidos também têm muitos ratos, ele poderá nos trazer sugestões preciosas. Aliás, estive sabendo que é um *expert* em jornalismo eletrônico.

— Pior ainda. Vai sair buzinando por aí — suspirou o Secretário, tentando mudar a posição do pé. — Enfim, não tem importância. Prossiga, prossiga, queria que me informasse sobre a repercussão. Na imprensa, é óbvio.

O Chefe das Relações Públicas pigarreou discretamente, murmurou um *bueno* e apalpou os bolsos. Pediu licença para fumar.

— *Bueno*, é do conhecimento de Vossa Excelência que causou espécie o fato de termos escolhido este local. Por que instalar o VII Seminário dos Roedores numa casa de campo, completamente isolada? Essa a primeira indagação geral. A segunda é que gastamos demais para tornar esta mansão habitável, um desperdício quando podíamos dispor de outros locais já prontos. O noticiarista de um vespertino, marquei bem a cara dele, Excelência, esse chegou a ser insolente quando rosnou que tem tanto edifício em disponibilidade, que as implosões até já se multiplicam para corrigir o excesso. E nós gastando milhões para restaurar esta ruína...

O Secretário passou o lenço na calva e procurou se sentar mais confortavelmente. Começou um gesto que não se completou.

— Gastando milhões? Bilhões estão consumindo esses demônios, por acaso ele ignora as estatísticas? Estou apostando como é da esquerda, estou apostando. Ou então, amigo dos ratos. Enfim, não tem importância, prossiga por favor.

— Mas são essas as críticas mais severas, Excelência. Bisonhices. Ah, e aquela eterna tecla que não cansam de bater, que já estamos no VII Seminário e até agora, nada de objetivo, que a população ratal já se multiplicou sete mil vezes depois do I Seminário, que temos agora cem ratos para cada habitante, que nas favelas não são as Marias mas as ratazanas que andam de lata d'água na cabeça — acrescentou contendo uma risadinha. — O de sempre... Não se conformam é de nos reunirmos em local retirado, que devíamos estar lá no Centro, dentro do problema. Nosso Assessor de Imprensa já esclareceu o óbvio, que este Seminário é o Quartel-General de uma verdadeira batalha! E que traçar as coordenadas de uma ação conjunta deste porte exige meditação. Lucidez. Onde poderiam os senhores trabalhar senão aqui, respirando um ar que só o campo pode oferecer? Nesta bendita solidão, em contato íntimo com a natureza... O Delegado de Massachusetts achou genial essa ideia do encontro em pleno campo. Um moço muito gentil, tão simples. Achou excelente nossa piscina térmica, Vossa Excelência sabia? Foi campeão de nado de peito, está lá se divertindo, adorou nossa água de coco! Contou-me uma coisa curiosa, que os ratos do Polo Norte têm pelos deste tamanho para aguentar o frio de trinta abaixo de zero, se guarnecem de peliças, os marotos. Podiam viver em Marte, uma saúde de ferro!

O Secretário parecia pensar em outra coisa quando murmurou evasivamente um "enfim". Levantou o dedo pedindo silêncio. Olhou com desconfiança para o tapete. Para o teto.

— Que barulho é esse?

— Barulho?

— Um barulho esquisito, não está ouvindo?

O Chefe das Relações Públicas voltou a cabeça, concentrado.

— Não estou ouvindo nada...

— Já está diminuindo — disse o Secretário, baixando o dedo almofadado. — Agora parou. Mas o senhor não ouviu? Um barulho tão esquisito, como se viesse do fundo da terra, subiu depois para o teto... Não ouviu mesmo?

O jovem arregalou os olhos de um azul inocente.

— Absolutamente nada, Excelência. Mas foi aqui no quarto?

— Ou lá fora, não sei. Como se alguém... — Tirou o lenço, limpou a boca e suspirou profundamente. — Não me espantaria nada se cismassem de instalar aqui algum gravador. O senhor se lembra? Esse Delegado americano...

— Mas, Excelência, ele é convidado do Diretor das Classes Conservadoras Armadas e Desarmadas!

— Não confio em ninguém. Em quase ninguém — corrigiu o Secretário num sussurro. Fixou o olhar suspeitoso na mesa. Nos baldaquins azuis da cama. — Onde essa gente está, tem sempre essa praga de gravador. Enfim, não tem importância, prossiga, por favor. E o Assessor de Imprensa?

— *Bueno*, ontem à noite ele sofreu um pequeno acidente, Vossa Excelência sabe como anda o nosso trânsito! Teve que engessar um braço. Só pode chegar amanhã, já providenciei o jatinho — acrescentou o jovem com energia. — Na retaguarda fica toda uma equipe armada para a cobertura. Nosso Assessor vai pingando o noticiário por telefone, criando suspense até o encerramento, quando virão todos num jato especial, fotógrafos, canais de televisão, correspondentes estrangeiros, uma apoteose. *Finis coronat opus,* o fim coroa a obra!

— Só sei que ele já deveria estar aqui, começa mal — lamentou o Secretário inclinando-se para o copo de leite. Tomou um gole e teve uma expressão desaprovadora. — Enfim, o que me preocupava muito é ficarmos incomunicáveis. Não sei mesmo se essa ideia do Assessor da Presidência da Ratesp vai funcionar, isso de deixarmos os jornalistas longe. Tenho minhas dúvidas.

— Vossa Excelência vai me perdoar, mas penso que a cúpula se valoriza ficando assim inacessível. Aliás, é sabido que uma certa distância, um certo mistério excita mais do que o contato diário com os meios de comunicação. Nossa única fonte vai soltando notícias discretas, influindo sem alarde até o encerramento, quando abriremos as baterias! Não é uma boa tática?

Com dedos tamborilantes, o Secretário percorreu vagamente os botões do colete. Entrelaçou as mãos e ficou olhando as unhas polidas.

— Boa tática, meu jovem, é influenciar no começo e no fim todos os meios de comunicação do país. Esse é o objetivo. Que já está prejudicado com esse assessor de perna quebrada.

— Braço, Excelência. O antebraço, mais precisamente.

O Secretário moveu penosamente o corpo para a direita e para a esquerda. Enxugou a testa. Os dedos. Ficou olhando para o pé em cima da almofada.

— Hoje mesmo o senhor poderia lhe telefonar para dizer que estrategicamente os ratos já se encontram sob controle. Sem detalhes, enfatize apenas isto, que os ratos já estão sob inteiro controle. A ligação é demorada?

— *Bueno,* cerca de meia hora. Peço já, Excelência?

O Secretário foi levantando o dedo. Abriu a boca. Girou a cadeira em direção da janela. Com o mesmo gesto lento, foi se voltando para a lareira.

— Está ouvindo? Está ouvindo? O barulho. Ficou mais forte agora!

O jovem levou a mão à concha da orelha. A testa ruborizou-se no esforço da concentração. Levantou-se e andou na ponta dos pés.

— Vem daqui, Excelência? Não consigo perceber nada!

— Aumenta e diminui. Olha aí, em ondas, como um mar... Agora parece um vulcão respirando, aqui perto e ao mesmo tempo tão longe! Está fugindo, olha aí... Tombou para o espaldar da poltrona exausto. Enxugou o queixo úmido. — Quer dizer que o senhor não ouviu nada?

O Chefe das Relações Públicas arqueou as sobrancelhas perplexas. Espiou dentro da lareira. Atrás da poltrona. Levantou a cortina da janela e olhou para o jardim.

— Tem dois empregados lá no gramado, motoristas, creio... Ei, vocês aí!... — chamou, estendendo o braço para fora. Fechou a janela. — Sumiram. Pareciam agitados, talvez discutissem, mas suponho que nada tenham a ver com o barulho. Não ouvi coisa alguma, Excelência. Escuto tão mal deste ouvido!

— Pois eu escuto demais, devo ter um ouvido suplementar. Tão fino. Quando fiz a Revolução de 32 e depois, no Golpe de 64, era sempre o primeiro do grupo a pressentir qualquer anormalidade. O primeiro! Lembro que uma noite avisei meus companheiros, O inimigo está aqui com a gente, e eles riram, Bobagem, você bebeu demais, tínhamos tomado no jantar um vinho delicioso. Pois quando saímos para dormir, estávamos cercados.

O Chefe das Relações Públicas teve um olhar de suspeita para a estatueta de bronze em cima da lareira, uma opulenta mulher de olhos vendados, empunhando a espada e a balança. Estendeu a mão até a balança. Passou o dedo num dos pratos empoeirados. Olhou o dedo e limpou-o com um gesto furtivo no espaldar da poltrona.

— Vossa Excelência quer que eu vá fazer uma sondagem?

O Secretário estendeu doloridamente a perna. Suspirou.

— Enfim, não tem importância. Nestas minhas crises sou capaz de ouvir alguém riscando um fósforo na sala.

Entre consternado e tímido, o jovem apontou para o pé enfermo.

— É algo... grave?

— A gota.

— E dói, Excelência?

— Muito.

— *Pode ser a gota d'água! Pode ser a gota d'água!* — cantarolou ele, ampliando o sorriso que logo esmoreceu no silêncio taciturno que se seguiu à sua intervenção musical. Pigarreou. Ajustou o nó da gravata. — *Bueno*, é uma canção que o povo canta por aí.

— O povo, o povo — disse o Secretário do Bem-Estar Público, entrelaçando as mãos. A voz ficou um brando queixume. — Só se fala em povo e no entanto o povo não passa de uma abstração.

— Abstração, Excelência?

— Que se transforma em realidade quando os ratos começam a expulsar os favelados de suas casas. Ou a roer os pés das crianças da periferia, então, sim, o *povo* passa a existir nas manchetes da imprensa de esquerda. Da imprensa marrom. Enfim, pura demagogia. Aliada às bombas dos subversivos, não esquecer esses bastardos que parecem ratos — suspirou o Secretário, percorrendo languidamente os botões do colete. Desabotoou o último. — No Egito Antigo resolveram esse problema aumentando o número de gatos. Não sei por que aqui não se exige mais da iniciativa privada, se cada família tivesse em casa um ou dois gatos esfaimados...

— Mas Excelência, não sobrou nenhum gato na cidade, já faz tempo que a população comeu tudo. Ouvi dizer que dava um ótimo cozido!

— Enfim — sussurrou o Secretário esboçando um gesto que não completou. — Está escurecendo, não?

O jovem levantou-se para acender as luzes. Seus olhos sorriam intensamente.

— E à noite, todos os gatos são pardos! — Depois, sério. — Quase sete horas, Excelência! O jantar será servido às oito, a mesa decorada só com orquídeas e frutas. A mais fina cor local, encomendei do Norte abacaxis belíssimos! E as lagostas, então? O Cozinheiro-Chefe ficou entusiasmado, nunca viu lagostas tão grandes. *Bueno*, eu tinha pensado num vinho nacional que anda de primeiríssima qualidade, diga-se de passagem, mas me veio um certo receio: e se der alguma dor de cabeça? Por um desses azares, Vossa Excelência já imaginou? Então achei prudente encomendar vinho chileno.

— De que safra?

— De Pinochet, naturalmente.

O Secretário do Bem-Estar Público e Privado baixou o olhar ressentido para o próprio pé.

— Para mim um caldo sem sal, uma canjinha rala. Mais tarde talvez um... — Emudeceu. A cara pasmada foi-se voltando para o jovem: — Está ouvindo agora? Está mais forte, ouviu isso? Fortíssimo!

O Chefe das Relações Públicas levantou-se de um salto. Apertou entre as mãos a cara ruborizada.

— Mas claro, Excelência, está repercutindo aqui no assoalho, o assoalho está tremendo! Mas o que é isso?!

— Eu não disse, eu não disse? — perguntou o Secretário. Parecia satisfeito: — Nunca me enganei, nunca! Já faz horas que estou ouvindo coisas, mas não queria dizer nada, podiam pensar que fosse delírio. Olha aí agora! Parece até que estamos em zona vulcânica, como se um vulcão fosse irromper aqui embaixo...

— Vulcão?

— Ou uma bomba, têm bombas que antes de explodir dão avisos!

— Meu Deus — exclamou o jovem. Correu para a porta.

— Vou verificar imediatamente, Excelência. Não se preocupe, não há de ser nada, com licença, volto logo. Meu Deus, zona vulcânica?!...

Quando fechou a porta atrás de si, abriu-se a porta em frente e pela abertura introduziu-se uma carinha louramente risonha. Os cabelos estavam presos no alto por um laçarote de bolinhas amarelas.

— *What is that?*

— *Perhaps nothing... perhaps something...* — respondeu ele, abrindo o sorriso automático. Acenou-lhe com um frêmito de dedos imitando asas. — *Supper at eight*, Miss Gloria!

Apressou o passo quando viu o Diretor das Classes Conservadoras Armadas e Desarmadas que vinha com seu chambre de veludo verde. Encolheu-se para lhe dar passagem, fez uma mesura, "Excelência", e quis prosseguir mas teve a passagem barrada pela montanha veludosa.

— Que barulho é esse?

— *Bueno*, também não sei dizer, Excelência, é o que vou verificar. Volto num instante. Não é mesmo estranho? Tão forte!

O Diretor das Classes Conservadoras Armadas e Desarmadas farejou o ar:

— E esse cheiro? O barulho diminuiu, mas não está sentindo um cheiro? — Franziu a cara. — Uma maçada! Cheiros, barulhos e o telefone que não funciona... Por que o telefone não está funcionando? Preciso me comunicar com a Presidência e não consigo, o telefone está mudo!

— Mudo? Mas fiz dezenas de ligações hoje cedo... Vossa Excelência já experimentou o do Salão Azul?

— Venho de lá. Também está mudo, uma maçada! Procure meu motorista, veja se o telefone do meu carro está funcionando, tenho que fazer essa ligação urgente.

— Fique tranquilo, Excelência. Vou tomar providências e volto em seguida. Com licença, sim? — fez o jovem, esgueirando-se numa mesura rápida. Enveredou pela escada. Parou no primeiro lance: — Mas o que significa isso? Pode me dizer o que significa isso?

Esbaforido, sem o gorro e com o avental rasgado, o Cozinheiro-Chefe veio correndo pelo saguão. O jovem fez um gesto enérgico e precipitou-se ao seu encontro.

— Como é que o senhor entra aqui neste estado?

O homem limpou no peito as mãos sujas de suco de tomate.

— Aconteceu uma coisa horrível, doutor! Uma coisa horrível!

— Não grita, o senhor está gritando, calma — e o jovem tomou o Cozinheiro-Chefe pelo braço, arrastou-o a um canto. — Controle-se. Mas o que foi? Sem gritar, não quero histerismo, vamos, calma, o que foi?

— As lagostas, as galinhas, as batatas, eles comeram tudo! Tudo! Não sobrou nem um grão de arroz na panela. Comeram tudo e o que não tiveram tempo de comer levaram embora!

— Mas quem comeu tudo? Quem?

— Os ratos, doutor, os ratos!

— Ratos?!... Que ratos?

O Cozinheiro-Chefe tirou o avental, embolou-o nas mãos.

— Vou-me embora, não fico aqui nem mais um minuto. Acho que a gente está no mundo deles. Pela alma da minha mãe, quase morri de susto quando entrou aquela nuvem pela porta, pela janela, pelo teto, só faltou me levar e mais a Euclídea! Até os panos de prato eles comeram. Só respeitaram a geladeira que estava fechada, mas a cozinha ficou limpa, limpa!

— Ainda estão lá?

— Não, assim como entrou saiu tudo guinchando feito doido. Eu já estava ouvindo fazia um tempinho aquele barulho, me representou um veio d'água correndo forte debaixo do chão, depois martelou, assobiou, a Euclídea que estava batendo maionese pensou que fosse um fantasma quando começou aquela tremedeira e na mesma hora entrou aquilo tudo pela janela, pela porta, não teve lugar que a gente olhasse que não desse com o monte deles guinchando! E cada ratão, viu? Deste tamanho! A Euclídea pulou em cima do fogão, eu pulei em cima da mesa, ainda quis arrancar uma galinha que um deles ia levando assim no meu nariz, taquei o vidro de suco de tomate com toda força e ele botou a galinha de lado, ficou de pé na pata traseira e me enfrentou feito um homem. Pela alma da minha mãe, doutor, me representou um homem vestido de rato!

— Meu Deus, que loucura... E o jantar?!

— Jantar? O senhor disse *jantar*?! Não ficou nem uma cebola! Uma trempe deles virou o caldeirão de lagostas e a lagostada se espalhou no chão, foi aquela festa, não sei como não se queimaram na água fervendo. Cruz-credo, vou me embora e é já!

— Espera, calma! E os empregados? Ficaram sabendo?

— Empregados, doutor? Empregados? Todo mundo já foi embora, ninguém é louco! E se eu fosse vocês, também me mandava, viu? Não fico aqui nem que me matem!

— Um momento, espera! O importante é não perder a cabeça, está me compreendendo? O senhor volta lá, abre as latas, que as latas ainda ficaram, não ficaram? A geladeira não estava fechada? Então, deve ter alguma coisa, prepare um jantar com o que puder, evidente!

— Não, não! Não fico nem que me matem!

— Espera, eu estou falando: o senhor vai voltar e cumprir sua obrigação. O importante é que os convidados não fiquem sabendo de nada, disso me incumbo eu, está me compreendendo? Vou já até a cidade, trago um estoque de alimentos e uma escolta de homens armados até os dentes, quero ver se vai entrar um mísero camundongo nesta casa, quero ver!

— Mas o senhor vai como? Só se for a pé, doutor.

O Chefe das Relações Públicas empertigou-se. A cara se tingiu de cólera. Apertou os olhinhos e fechou os punhos para soquear a parede, mas interrompeu o gesto quando ouviu vozes no andar superior. Falou quase entredentes.

— Covardes, miseráveis! Quer dizer que os empregados levaram todos os carros? Foi isso, levaram os carros?

— Levaram nada, fugiram a pé mesmo, nenhum carro está funcionando. O José experimentou um por um, viu? Os fios foram comidos, comeram também os fios. Vocês fiquem aí que eu vou pegar a estrada e é já!

O jovem encostou-se na parede, a cara agora estava lívida. "Quer dizer que o telefone...", murmurou e cravou o olhar estatelado no avental que o Cozinheiro-Chefe largou no chão. As vozes no andar superior começaram a se cruzar. Uma porta bateu com força. Encolheu-se mais no canto quando ouviu seu nome: era chamado aos gritos. Com olhar silencioso foi acompanhando um chinelo de debrum de pelúcia que passou a alguns passos do avental embolado no tapete: o chinelo deslizava, a sola voltada para cima, rápido como se tivesse rodinhas ou fosse puxado por algum fio invisível. Foi a última coisa que viu, porque nesse instante a casa foi sacudida nos seus alicerces. As luzes se apagaram. Então, deu-se a invasão, espessa como se um saco de pedras borrachosas tivesse sido despejado em cima do telhado e agora saltasse por todos os lados numa treva dura de músculos, guinchos e centenas de olhos luzindo negríssimos. Quando a primeira dentada lhe arrancou um pedaço da calça, ele correu sobre o chão enovelado, entrou na cozinha com os ratos despencando na sua cabeça e abriu a geladeira. Arrancou as prateleiras que foi encontrando na escuridão, jogou a lataria para o ar, esgrimou com uma garrafa contra dois olhinhos que já corriam no vasilhame de verduras, expulsou-os e num salto, pulou lá dentro. Fechou a porta, mas deixou o dedo na fresta, que a porta não batesse. Quando sentiu a primeira agulhada na ponta do dedo que ficou de fora, substituiu o dedo pela gravata.

No rigoroso inquérito que se processou para apurar os acontecimentos daquela noite, o Chefe das Relações Públicas jamais pôde precisar quanto tempo teria ficado dentro da geladeira, enrodilhado como um feto, a água gelada pingando na cabeça, as mãos endurecidas de câimbra, a boca aberta no mínimo vão da porta que de vez em quando algum focinho tentava forcejar. Lembrava-se, isso sim, de um súbito silêncio que se fez no casarão: nenhum som, nenhum movimento. Nada. Lembrava-se de ter aberto a porta da geladeira. Espiou. Um tênue raio de luar era a única presença na cozinha esvaziada. Foi andando pela casa completamente oca, nem móveis, nem cortinas, nem tapetes. Só as paredes. E a escuridão. Começou então um murmurejo secreto, rascante, que parecia vir da Sala de Debates e teve a intuição de que estavam todos reunidos ali, de portas fechadas. Não se lembrava sequer de como conseguiu chegar até o campo, não poderia jamais reconstituir a corrida, correu quilômetros. Quando olhou para trás, o casarão estava todo iluminado.

Sobre Lygia Fagundes Telles
e Este Livro

"Raros são os contos, em *Seminário dos Ratos*, nos quais Lygia adota a narração objetiva na terceira pessoa. Prefere a participação direta do testemunho. Narrando na primeira pessoa, ela assume suas personagens e acaba por imprimir-lhes uma criatividade de pronta identificação. A escritora sai de sua oficina de criatividade e passa a andar, a sonhar, a viver com suas criaturas, entranhada no íntimo de cada uma, procurando descer no fundo de suas consciências."

HÉLIO PÓLVORA

"Cada vez mais atraída pelo essencial, a escritora abre mão do acessório e anedótico, para só perscrutar o íntimo de suas criaturas, às voltas com conflitos insolúveis, ilhadas em seu sofrimento, empurradas para o declive da loucura, ou roídas pela morte que nelas se instalou. Esse universo cruel, cujo espetáculo, na palavra de Carlos Drummond de Andrade, 'nos faz sofrer e ao mesmo tempo nos oferece o remédio compensador da arte', grava-se inesquecivelmente em nossa memória, E o mais notável dessa arte é que, segundo observou Wilson Martins, 'renova um gênero em que tudo parecia ter sido feito, sem escapar das suas linhas tradicionais, das suas leis não escritas'."

PAULO RÓNAI

"Com prodigiosa força e sutileza a autora consegue exprimir a diversidade e os contrastes através de uma linguagem extremamente flexível e que se ajusta a todas as metamorfoses, seja de forma apenas alusiva, seca, ou com envolvimento e fascínio."

MICHEL MURIDSANY (*LE FIGARO*, PARIS)

Lygia na Penumbra

POSFÁCIO / JOSÉ CASTELLO

Meados dos anos de 1990. Em busca de uma metáfora que ilustre sua relação com a literatura, Lygia Fagundes Telles me confidencia uma experiência pessoal recente que, acredita, ajuda a defini-la. Perto da meia-noite, depois de uma sessão de cinema, a escritora sobe, sozinha, a rua em que mora, em São Paulo. Está a dois quarteirões de casa. É inverno e a cidade está vazia. O ronco de um motor ecoa, de repente, às suas costas. É um motoqueiro, identifica. O gaguejar da máquina indica que ele diminui a velocidade. "Vou morrer", Lygia pensa. "Serei assassinada e em plena rua." Não tem coragem de se voltar para encarar a verdade. Trata de apressar o passo, mas o rapaz não se afoba. No mesmo ritmo vagaroso, continua a segui-la.

A um quarteirão de casa, pronta para enfrentar a morte, que, ela imagina, virá de um tiro pelas costas, a escritora passa a correr. Pratica natação, tem bom fôlego. "Não vou me entregar", pensa. "Vou morrer lutando." Começa a ganhar distância quando, com um arranque, o motoqueiro a ultrapassa. Não pode mais se iludir: sua hora chegou. Então o ronco do motor é cortado por um grito: "Eu te amo, Lygia Fagundes Telles!". A moto acelera e, invertendo a cena, surge à sua frente. O motoqueiro é um rapaz miúdo, o rosto submerso em um capacete. "Eu te amo, Lygia! Eu te amo!", ele insiste, antes de disparar, desaparecendo na noite escura.

Lygia chega em casa aos prantos. É doloroso aceitar o frágil limite que separa o medo da morte e a paixão pela literatura. "Vivemos tempos estranhos, em que amor e morte se confundem", ela me diz, interrompendo seu relato. Tenta aplicar no mundo uma ideia que, na verdade, diz respeito apenas a si. É do medo da morte que nascem os grandes escritores, pensa. É desse fio insignificante que separa o espanto da coragem que a literatura se alimenta.

Já em casa, ainda soluçando, Lygia se acomoda em uma poltrona. Súbito, um pensamento a sacode. Pouco antes de sair de casa, trabalhava nos contos de *A Noite Escura e Mais Eu*, livro que lançaria naquele ano de 1995. O título é um empréstimo de "Assobio", poema de Cecília Meirelles. Muito adequado ao livro que escreve. E agora, espantosamente, nomeia a experiência que acabara de viver. Faixas distintas da existência, literatura e vida entram em súbita sincronia. A aproximação do motoqueiro fora uma encenação, impecável, de sua relação com a literatura. Medo e paixão ocupam um só lugar. Avesso e direito. Uma coisa só.

Não foi uma experiência nova em sua vida. Desde os primeiros rascunhos, Lygia Fagundes Telles tem consciência dos laços arbitrários e invisíveis que atam a experiência humana. Escrever, para ela, é manipular esses nós, que ali estão não tanto para amarrar, mas para perverter e desestabilizar os rumos da vida comum. Lygia é uma escritora que trabalha com mistérios e com pequenas revelações. Porém não se entenda errado: sua escrita não é religiosa, nem mística. Se há religiosidade, é no modo como ela escava a banalidade em busca de seu miolo. Se há misticismo, ele se esconde em sua inclinação para valorizar as zonas subterrâneas da existência.

São experiências que ilustram o poder do acaso e o modo fatal como a ele estamos submetidos. Todos, não apenas os escritores. Experiências extremas que, antes disso, já se expressavam de forma radical em *Seminário dos Ratos*, de 1977. Os contos aqui reunidos desenham uma difícil relação entre o homem e o poder. O livro foi escrito e publicado durante os anos do governo de general Ernesto Geisel, quando a ditadura militar já arriscava passos modestos de distensão política. Sob a pressão das circunstâncias, os textos foram lidos na época como metáforas de uma realidade ainda obscura, mas que começava a se esgarçar. Essa redução, contudo, empobrece a literatura de Lygia, que não é um simples retrato do mundo, e sim uma escavação sutil sob a crosta da existência.

Outros leitores de *Seminário dos Ratos* apressaram-se em defini--la como uma retratista da decadência burguesa. Críticos estrangeiros, como a alemã Ilse Schlede, de Colônia, consideraram este livro prova da inclusão de Lygia na longa série dos escritores do fantástico. Aprisionaram-na, assim, na escrita política, na narrativa sociológica, no realismo mágico. Todo esse esforço de classificação, porém, deixava escapar o que sua literatura tem de mais forte e que, em *Seminário dos Ratos*, se expressa de modo mais escandaloso: o poder — discreto, sutil — de penetrar nas entrelinhas da vida. Suas histórias devem ser lidas não pelo que dizem, mas pelo que subentendem. Pelo que escondem. As entrelinhas — e não o político ou o social — são o verdadeiro objeto de sua escrita.

Lygia Fagundes Telles é uma escritora que se dedica aos temas universais: a loucura, o amor, a paixão, o medo, a morte. Temas clássicos, que nos atormentam desde os gregos, e que a expõem ao grande risco da repetição e do banal. Como os enfrenta? Em seus relatos, esses temas antigos experimentam relações imprevistas — como a morte e a paixão, que se entrelaçaram na figura do mesmo motoqueiro, em uma noite escura de São Paulo. A escrita de Lygia é contida e gelada. Ela é uma escritora contemplativa. É conhecida sua paixão pela máxima de Agostinho: "Foge, esconde-te, cala-te!". Pode parecer estranho que um escritor, mestre da palavra, se deixe nortear pelo desvio, pela ocultação e pelo silêncio. Mas é essa postura esquiva que alimenta as narrativas reunidas em *Seminário dos Ratos*.

O conto que empresta título ao livro contém alguns dos elementos fundamentais de sua literatura. Seu objeto é menos a realidade do que aquelas zonas de atordoamento e dúvida em que ela se move. Um seminário oficial que se propõe a discutir métodos para erradicar roedores se transforma, lentamente, em um encontro gerido pelos próprios ratos. As posições do mundo, Lygia nos sugere, não são estáveis. Você pensa que pisa em solo firme e que é o sujeito da situação, mas, de repente, os papéis se invertem, e o objeto — antes precário, submisso — avança e toma o lugar de sujeito. A história de Lygia trabalha com a dupla (e paradoxal) noção de sujeito. Sujeito como aquele que se reconhece em uma sentença e que, acionando um verbo, age nela; mas também aquele que está subordinado ou dependente de algo ou alguém, e que não tem como escapar dessa submissão

A dupla função do sujeito se exibe, de modo escandaloso, na figura do Secretário do Bem-Estar Público e Privado, que preside o congresso sobre roedores. Ele começa o relato investido do poder de mandar, autorizar e agir, mas termina prisioneiro da fúria dos ratos, que invadem a cozinha do evento, comem as fiações dos automóveis, roem os alicerces da casa e, por fim, em um mundo de pernas para o ar, se instalam, como doutores, em seu próprio seminário. No fundo da cena, há "um murmurejo secreto, rascante", som perturbador que expressa a derrota do humano.

Destituído de seu poder, o Chefe das Relações Públicas se esconde em uma geladeira, "enrodilhado como um feto", em uma regressão que aponta para a inconstância do real. A realidade, em vez de lhe estender um chão firme e estável, é só uma onda que se desfigura. A invasão dos ratos evoca outras narrativas — a mais célebre delas, "Casa Tomada", o célebre conto do argentino Julio Cortázar. Relatos que relativizam o poder humano, sempre dependente dos pontos de vista e das circunstâncias e que, a qualquer momento, a força do acaso pode revirar. Um guarda-chuva velho que, traiçoeiro, em vez de proteger, mata. Poder que, brutal e onipotente, ainda assim lança sobre a realidade uma leve sombra de desarmonia — expressa em um contrapoder que, um dia, surge para ameaçá-lo.

As mesmas irregularidades que recobrem o poder surgem, já na abertura do livro, no primoroso "As Formigas". As duas primas que, ingênuas, dividem um humilde quarto de pensão, logo farejam na banalidade das horas um "cheiro do estranho" que a princípio associam ao bolor. Ocorre que o estranho não é o fantástico, não é o absurdo nem o extraordinário — confusão comum, que leva à crença de que Lygia Fagundes Telles seria praticante da literatura mágica. Traiçoeiro ele também, o estranho, ao contrário, se guarda em estreitas frestas do real. Estranho é o particular, é o único. No caso, as miseráveis formigas, "pequenas e ruivas", que, com diligência, usam o mofo da noite para reconstruir a ossada de um anão. Só aparecem de madrugada, não apenas para se protegerem, mas porque habitam zonas de matéria escura e vazia que, indiferentes ao nosso testemunho, compõem o real.

O fecho abrupto do relato aponta para os lapsos e as falhas que compõem a realidade, e também para a incapacidade de a literatura dar conta das coisas do mundo. A literatura, dizia João Cabral de Melo Neto, é uma "faca só lâmina", que corta o real e, nesse sangramento, nos desloca da posição de serenidade para a experiência do assombro. Se há algo fantástico nas narrativas de Lygia, ele não está em coisas absurdas ou assombrosas, mas na maneira como somos capazes de nos cegar diante dos pequenos eventos da vida. Um conto perturbador como "WM" joga justamente com a ideia de verso e reverso, dupla face das coisas. Wlado frequenta o consultório do Doutor Werebe, certo de que ali está para ter notícias do tratamento de Wanda, sua irmã — quando ele mesmo, Wlado, é o paciente. W e M, letras que se invertem e se embaralham, apontam para a fragilidade da língua e a precariedade da nomeação. Basta um leve toque, um roçar descuidado, para que a realidade se revire.

Essa dualidade se infiltra também na vida íntima. Não é só o poder político e social que fracassa, mas também o poder que o sujeito supostamente tem sobre si. Em "A Sauna", um homem aproveita o ambiente esfumaçado para passar em revista a própria vida. Longe da nitidez do mundo solar, à meia-luz, lembranças e dúvidas encontram uma atmosfera propícia para a revelação. Sob a luz cruel da realidade, não passamos de máscaras endurecidas, sugere Lygia. É no lusco-fusco que a vida, frágil e arredia, se encorpa. É também nessas zonas de trevas que a literatura, enfim, se faz.

Já no começo do relato, o homem fala de sua segunda mulher, Marina, uma líder feminista que tem a mania de "ficar desparafusando o que deve ficar parafusado". Se as roldanas e os apoios que sustentam o real se afrouxam, não é por indolência ou maldade, mas porque a realidade, de fato, se compõe de fragmentos e estilhaços, e não da matéria sólida prometida pelas instituições que a regem, como o casamento, a religião e a política. Quando um homem, na solidão da sauna, com a mente diluída e fluida, vasculha seu passado, surgem mais interrogações e dúvidas do que fatos e descobertas. É ali, nesse ambiente nevoento, que a vida se esboça. É também assim, em meio a relances e emanações, que a literatura de Lygia toma corpo.

O protagonista de "A Sauna" é um pintor que, depois de alguns momentos de criação legítima, se acomoda aos apelos do mercado e do conforto. Para pintar seus quadros vendáveis, sabe que não deve estar nem eufórico nem deprimido — mas equilibrado sobre as aparências do normal. "Perdi o fervor", resume. É justamente da perda desse calor interno, que esvazia e deprime, que os contos de Lygia tratam. Mundo em que os homens — sempre prontos para consumir, devorar e gozar — se comportam como tenazes roedores, ansiosos para abocanhar os melhores pedaços da vida e para triturar e acumular experiências. Essa atitude, que parece realista e objetiva, na verdade corrói a existência. Transposta para a escrita, só pode produzir literatura de segunda classe.

"Estamos imóveis, só o suor escorre veloz formando pequenas poças nos bancos", o narrador relata. "Poças isoladas umas das outras como ilhas. Os vasos incomunicantes." Eis o ambiente de Lygia: a penumbra. É dela a tese de que a relação entre realidade e ficção se assemelha ao vínculo entre dois vasos comunicantes, desses usados em laboratórios. Quando se retira parte do líquido de um dos vasos, o mesmo volume de líquido é subtraído do outro, mesmo que não o desejemos. Não existem atos autônomos nem ações isoladas. Não: a ficção não é um espelho do mundo. É, sim, uma segunda dimensão desse mundo, que o suga e repuxa, ou o alimenta e expande. Lygia aposta, todo o tempo, no poder inventivo da literatura, que é transitório e precário, parece inofensivo e imprudente, mas que, se manipulado com delicadeza, revela uma súbita potência.

Nesse ambiente opaco, a leitura do mundo se faz não a partir de sinais nítidos, mas de indícios frágeis. Os personagens de Lygia vivem em um mundo de limites rasurados, no qual já não podemos distinguir entre a lua que brilha e um sol que se apaga, e onde é impossível dizer se anoitece ou amanhece. Um mundo fosco, que nos escurece um pouco também. Acostumados à ideia de um cotidiano sem imprevistos e sem mistérios, seus personagens estão sempre a levar sustos. É o que acontece com o protagonista de "A Mão no Ombro". O roçar de uma mão que lhe toca de leve as costas — e não a grosseria de um empurrão forte — basta para lhe anunciar a morte que se avizinha. Sinal fugidio, indicando que é no traço delicado, e não no golpe tosco, que o destino se delineia. Basta um relance e a realidade se revela.

Nada disso se faz sem alguma dor, e por isso os personagens de *Seminário dos Ratos* estão sempre a sofrer. Situação trágica que, para Lygia, se sintetiza na sentença do *Rei Lear*, de Shakespeare: "Esse céu tão borrascoso não se desanuvia sem uma tormenta". Se é para tratar da dor, portanto, que seja com delicadeza. E o que existe de mais delicado que a escrita? Se os ratos tomam nosso lugar e nos expulsam do mundo, se miseráveis formigas desenham a figura da morte, não adianta fugir. Bem melhor é escrever. É nesse sentido que, para ela, a literatura tem o caráter de salvação.

Lygia trabalha com um mundo de miniaturas, quinquilharias e pequenos sentimentos. Plantas, bichos, insetos, desabafos, tremores, frágeis revelações, objetos suaves que a aproximam da poesia. Não se espere dela, porém, o derramamento e os adornos que em geral caracterizam a prosa poética. A escrita de Lygia é refinada. É cortante. Ela escreve como um tapeceiro que — ciente de que qualquer ruptura brusca nos fios transversais de sua trama rasgará, ato contínuo, o conjunto de fios longitudinais da urdidura — prefere manipular suas agulhas na penumbra. Se a urdidura é o real, a trama é a literatura. De um lado, o motoqueiro (leitor) com sua paixão. De outro, Lygia (escritora) com sua imaginação. Vida e escrita se tornam, assim, inseparáveis.

JOSÉ CASTELLO nasceu no Rio de Janeiro em 1951. Mestre em comunicação pela Universidade Federal do Rio de Janeiro (UFRJ), trabalhou em vários órgãos de imprensa, entre eles o semanário *Opinião* e a revista *Veja*. Atualmente é colunista do suplemento *Prosa e Verso*, de *O Globo*.

Naqueles dias, éramos uns puros. Apenas uma coisa nos interessava: a conquista do renome literário, que sabíamos longínquo, fortuito, quase inacessível. Cintilassem a nossa frente todas as Pasárgadas, mesmo o trono do rei, pesado de luz e pedrarias, nós declinaríamos esse resplendor mundano, pois não era o que desejávamos. Queríamos uma província infinitamente menor, que talvez coubesse na palma da mão, mas cheia de asas e promessas: queríamos escrever. E naquelas manhãs da Faculdade de Direito, nos inícios do decênio de 1940 — o mundo conflagrado e nós com os olhos e o coração alando-se para o futuro. Durante os intervalos de aula o costume era nos encontrar no Pátio das Arcadas, Lygia Fagundes e alguns colegas interessados nas coisas literárias. No grupo, eu próprio, então, a poetar e a crer nos versos como se fossem eles a razão da existência. Conspirávamos para atingir a ambição comum que nos movia, ou seja, a de provar que escrevendo é que existíamos. Eram muitas conversas, muitos sonhos, muitos debates — e cada um de nós galgando lentamente e a duras penas os degraus liminares da carreira que pretendíamos sob o olhar austero da estátua de José Bonifácio, o Moço.

Após a publicação de *Praia Viva*, que repercutiu criticamente fora dos muros da Faculdade, marcando verdadeiramente o início de uma caminhada que prometia ser vitoriosa e séria, Lygia Fagundes partiu para outros livros de contos até chegar ao romance *Ciranda de Pedra*, que em cuidado trabalho paralelo constituiu novela de sucesso na televisão. Se Lygia Fagundes Telles ambicionava renome literário, conquistou-o amplamente e — o que é mais importante — sem fazer concessões para isso. Num esforço continuado e progressivo, a maturidade veio a confirmar as esperanças da contista jovem e com a estranha peculiaridade de escrever as histórias na cabeça, passando-as para o papel totalmente acabadas, até com as vírgulas e os pontos como num manuscrito a máquina. Quando ela dizia "estou escrevendo um conto", já sabíamos que a elaboração era mental, e quando dizia "querem ouvir o conto que acabei?", já sabíamos que ela não ia puxar papel algum, mas simplesmente narrar o conto que depois iria para o papel. E esse hábito de assim compor os contos não mudou através dos anos; a exceção seriam os romances, cuja dimensão exige redação parcelada, fora do sistema. Talvez por isso mesmo a escritora teria dividido em duas partes o mais lírico deles, lírico do lirismo que vem da infância e suas fontes, *Ciranda de Pedra*. Era uma nova técnica da qual ela se assenhorou em *Verão no Aquário*, com sua irredutível integridade. *As Meninas*, o terceiro romance, talvez seja o mais recheado de atualidade de todos eles, o mais vivo, e assim a trilogia tem o mérito de não se repetir, mas de inovar de um para outro livro, com conquista cabal do monólogo interior e com a manutenção sustentada do centro de interesse.

Já a história dos contos é uma história de clara ascensão, a ponto de podermos dizer com firme confiança que com *Seminário dos Ratos* a escritora Lygia Fagundes Telles é um dos grandes contistas que o Brasil já produziu. Não que antes não tivesse escrito contos notáveis, como "A Caçada", que nos dá em poucas páginas a compacta visão de uma obra-prima: mas esse conto de singular grandeza como que se adensa e se torna sangue vivo nos contrastes de *Seminário dos Ratos*. Estamos, assim, distantes dos contos para entreter simplesmente, ou para fazer-se um nome: o contar aqui não reproduz a vida, mas adquire uma vida própria, quente, violenta, a pulsar como um coração. Não precisamos mais indagar se tal ou qual conto está ou não realizado: eles nos arrastam caudalosamente, todos eles, certos de sua própria existência de fábula inquestionada e transfeita em gente a fluir.

Não serei o primeiro a dizer, pois isso já é um lugar-comum da crítica: a exuberante imaginação de Lygia. Eu disse imaginação e não fantasia, pois se a fantasia paira aérea e distante, a imaginação, segundo Coleridge, coleta os materiais fragmentários da experiência e lhes dá unidade. Em alto grau a escritora tem a faculdade de dramatizar, isto é, de projetar sua personalidade, reencarnando-a em personagens que estão fora do seu círculo porque existem por direito próprio. Isso se patenteia nitidamente no monólogo interior, que reproduz o pensamento de criaturas as mais diversas, homens ou mulheres, jovens ou idosos, humildes ou refinados. A autora sai para fora de si mesma para criar pessoas ágeis, com tal segurança que os paralelos com o mundo exterior já não interessam. À porta dessas páginas deixamos toda a capacidade de descrer e adentramos uma existência onde moço e moça podem tornar-se de súbito um passarinho e uma borboleta a esconder-se sob um banco de praça pública. A realidade dessa ficção está nela própria, em seu mundo particular, parecido com este que frequentamos, mas capaz de suspender as leis naturais. Estamos no reino de uma outra realidade, criada pelo espírito e com tal convicção que novos sóis giram pelos céus e novas criaturas surgem, sofrem e sonham nessas páginas. Creio não exagerar se disser que como Schopenhauer a escritora acredita no primado da dor, pois seus contos exprimem, no fundo, não a substância da vida, como queria Machado de Assis, mas a tristeza da vida que o mestre igualmente não desdenhava. Com uma diferença: para Machado de Assis a vida era negra às vezes, mas para a escritora ela é triste apenas, cheia de melancolia de uma ave de asas partidas. Não são as pessoas que são tristes, é a vida, esta vida independente e que é todavia um espelho poderoso desta nossa, capaz de tudo exceto de modificá-la ou torná-la feliz.

Assim a experiência da autora cria personagens efetivas sem que necessariamente elas reflitam a autora. Já Wilson Martins assinalou que esses contos indicam uma experiência que nem sempre é biograficamente a da escritora: antes de mais nada – esclareceu o crítico — ela ultrapassa o "círculo de giz autobiográfico em que giram desesperadamente tantos contistas modernos". Indica, assim, "a primeira qualidade de ficcionista, a de saber colocar-se na pele dos outros. E essa é mais uma ambiguidade do conto" — remata Wilson Martins — "que a autora assume com a mesma autoridade de Machado de Assis e de Joaquim Paço d'Arcos".

Assim, anulam-se as fronteiras entre a realidade e a irrealidade, para que a autora circule livremente entre as duas, livre na narração de sucessos do dia a dia imaginado, como no urdimento de situações que refogem ao terra a terra, para esbater-se no puramente psicológico, no suspense ou no fantástico.

Em *Seminário dos Ratos*, depois de vários livros anteriores entre os quais *Antes do Baile Verde*, livro cheio de qualidades — basta dizer que nele figura "A Caçada" —, alcança a escritora, repito, aquele mundo definitivo em que a palavra se faz sangue, mundo ainda mais verdadeiro que o nosso porque intemporal e como que sem fim, ao contrário da nossa pobre mortalidade.

Fora do conto e do romance, Lygia Fagundes Telles publicou também uma espécie de diário ou de memórias e reflexões avulsas, sob o título de *A Disciplina do Amor*. Vários desses fragmentos poderiam figurar em alguns dos contos ou romances que ela escreveu, como monólogo interior das personagens. Alguns parecem mesmo esboços de contos que acabou por não escrever, como este "O Jardineiro": "Só colhia as rosas ao anoitecer porque durante o sono elas não sentiam o aço frio da tesoura. Uma noite ele sonhou que cortava as hastes de manhã em pleno sol, as rosas despertas e gritando na altura do corte das cabeças decepadas. Quando ele acordou, viu que estava com as mãos sujas de sangue".

Trechos do discurso de Péricles Eugênio da Silva Ramos na Academia Paulista de Letras.

A Autora

Lygia Fagundes Telles nasceu em São Paulo e passou a infância no interior do estado, onde o pai, o advogado Durval de Azevedo Fagundes, foi promotor público. A mãe, Maria do Rosário (Zazita), era pianista. Voltando a residir com a família em São Paulo, a escritora fez o curso fundamental na Escola Caetano de Campos e em seguida ingressou na Faculdade de Direito do Largo São Francisco, da Universidade de São Paulo, onde se formou. Quando estudante do pré-jurídico cursou a Escola Superior de Educação Física da mesma universidade.

Ainda na adolescência manifestou-se a paixão, ou melhor, a vocação de Lygia Fagundes Telles para a literatura, incentivada pelos seus maiores amigos, os escritores Carlos Drummond de Andrade, Erico Verissimo e Edgard Cavalheiro. Contudo, mais tarde a escritora viria a rejeitar seus primeiros livros porque em sua opinião "a pouca idade não justifica o nascimento de textos prematuros, que deveriam continuar no limbo".

Ciranda de Pedra (1954) é considerada por Antonio Candido a obra em que a autora alcança a maturidade literária. Lygia Fagundes Telles também considera esse romance o marco inicial de suas obras completas. O que ficou para trás "são juvenilidades". Quando da sua publicação o romance foi saudado por críticos como Otto Maria Carpeaux, Paulo Rónai e José Paulo Paes. No mesmo ano, fruto de seu primeiro casamento, nasceu o filho Goffredo da Silva Telles Neto, cineasta, e que lhe deu as duas netas: Lúcia e Margarida. Ainda nos anos 1950, saiu o livro *Histórias do Desencontro* (1958), que recebeu o prêmio do Instituto Nacional do Livro.

O segundo romance, *Verão no Aquário* (1963), prêmio Jabuti, saiu no mesmo ano em que já divorciada casou-se com o crítico de cinema Paulo Emílio Sales Gomes. Em parceria com ele escreveu o roteiro para cinema *Capitu* (1967), baseado em *Dom Casmurro*, de Machado de Assis. Esse roteiro, que foi encomenda de Paulo Cezar Saraceni, recebeu o prêmio Candango, concedido ao melhor roteiro cinematográfico.

A década de 1970 foi de intensa atividade literária e marcou o início da sua consagração na carreira. Lygia Fagundes Telles publicou, então, alguns de seus livros mais importantes: *Antes do Baile Verde* (1970), cujo conto que dá título ao livro recebeu o Primeiro Prêmio no Concurso Internacional de Escritoras, na França; *As Meninas* (1973), romance que recebeu os prêmios Jabuti, Coelho Neto da Academia Brasileira de Letras e "Ficção" da Associação Paulista de Críticos de Arte (APCA); *Seminário dos Ratos* (1977), premiado pelo PEN Clube do Brasil. O livro de contos *Filhos Pródigos* (1978) seria republicado com o título de um de seus contos, *A Estrutura da Bolha de Sabão* (1991).

A Disciplina do Amor (1980) recebeu o prêmio Jabuti e o prêmio APCA. O romance *As Horas Nuas* (1989) recebeu o prêmio Pedro Nava de Melhor Livro do Ano.

Os textos curtos e impactantes passaram a se suceder na década de 1990, quando, então, é publicado *A Noite Escura e Mais Eu* (1995), que recebeu o prêmio Arthur Azevedo da Biblioteca Nacional, o prêmio Jabuti e o prêmio Aplub de Literatura. Os textos do livro *Invenção e Memória* (2000) receberam os prêmios Jabuti, APCA e o "Golfinho de Ouro". *Durante Aquele Estranho Chá* (2002), textos que a autora denominava de "perdidos e achados", antecedeu seu livro *Conspiração de Nuvens* (2007), que mistura ficção e memória e foi premiado pela APCA.

Em 1998, foi condecorada pelo governo francês com a Ordem das Artes e das Letras, mas a consagração definitiva viria com o prêmio Camões (2005), distinção maior em língua portuguesa pelo conjunto da obra.

Lygia Fagundes Telles conduziu sua trajetória literária trabalhando ainda como procuradora do Instituto de Previdência do Estado de São Paulo, cargo que exerceu até a aposentadoria. Foi ainda presidente da Cinemateca Brasileira, fundada por Paulo Emílio Sales Gomes, e membro da Academia Paulista de Letras e da Academia Brasileira de Letras. Teve seus livros publicados em diversos países: Portugal, França, Estados Unidos, Alemanha, Itália, Holanda, Suécia, Espanha e República Checa, entre outros, com obras adaptadas para tevê, teatro e cinema.

Vivendo a realidade de uma escritora do terceiro mundo, Lygia Fagundes Telles considerava sua obra de natureza engajada, comprometida com a difícil condição do ser humano em um país de tão frágil educação e saúde. Participante desse tempo e dessa sociedade, a escritora procurava apresentar através da palavra escrita a realidade envolta na sedução do imaginário e da fantasia. Mas enfrentando sempre a realidade deste país: em 1976, durante a ditadura militar, integrou uma comissão de escritores que foi a Brasília entregar ao ministro da Justiça o famoso "Manifesto dos Mil", veemente declaração contra a censura assinada pelos mais representativos intelectuais do Brasil.

A autora já declarou em uma entrevista: "A criação literária? O escritor pode ser louco, mas não enlouquece o leitor, ao contrário, pode até desviá-lo da loucura. O escritor pode ser corrompido, mas não corrompe. Pode ser solitário e triste e ainda assim vai alimentar o sonho daquele que está na solidão".

Lygia Fagundes Telles faleceu em 3 de abril de 2022, em São Paulo.

Na página 181, retrato da autora feito por Carlos Drummond de Andrade na década de 1970.

Esta obra foi composta
em Utopia e Trade Gothic
por warrakloureiro
e impressa em ofsete pela
Lis Gráfica sobre papel
Pólen Bold da Suzano S.A.
para a Editora Schwarcz
em maio de 2024